DES GUEULES D'ENTERREMENT

DU MÊME AUTEUR

Dans la même collection :

Laissez tomber la fille.
Les souris ont la peau tendre.
Mes hommages à la donzelle.
Du plomb dans les tripes.
Des dragées sans baptême.
Des clientes pour la morgue.
Descendez-le à la prochaine.
Passez-moi la Joconde.
Sérénade pour une souris défunte.
Rue des Macchabées.
Bas les pattes.
Deuil express.
J'ai bien l'honneur de vous buter.
C'est mort et ça ne sait pas.
Messieurs les hommes.
Du mouron à se faire.
Le fil à couper le beurre.
Fais gaffe à tes os.
A tue... et à toi.
Ça tourne au vinaigre.
Les doigts dans le nez.
Au suivant de ces messieurs.
Les anges se font plumer.
La tombola des voyous.
J'ai peur des mouches.
Le secret de Polichinelle.
Tu vas trinquer, San-Antonio.
En long, en large et en travers.
La vérité en salade.
Prenez-en de la graine.
On t'enverra du monde.
San-Antonio met le paquet.
Entre la vie et la morgue.
Tout le plaisir est pour moi.
Du sirop pour les guêpes.
Du brut pour les brutes.
J' suis comme ça.
San-Antonio renvoie la balle.
Berceuse pour Bérurier.
Ne mangez pas la consigne.
La fin des haricots.
Y'a bon, San-Antonio.
De « A » jusqu'à « Z ».
San-Antonio chez les Mac.
Fleur de nave vinaigrette.
Ménage tes méninges.
Le loup habillé en grand-mère.
San-Antonio chez les « gones ».
San-Antonio polka.
En peignant la girafe.
Le coup du père François
Du poulet au menu
Le gala des emplumés.
Votez Bérurier.
Bérurier au sérail.
La rate au court-bouillon.
Vas-y, Béru !
Tango chinetoque.
Salut, mon pope !
Mange et tais-toi.
Faut être logique.
Y'a de l'action !
Béru contre San-Antonio.
L'archipel des Malotrus.
Zéro pour la question.
Bravo, docteur Béru.
Viva Bertaga.
Un éléphant, ça trompe.
Faut-il vous l'envelopper ?
En avant la moujik.
Ma langue au Chah.
Ça mange pas de pain.
N'en jetez plus !
Moi, vous me connaissez ?
Emballage cadeau.
Appelez-moi, chérie !
T'es beau, tu sais !
Ça ne s'invente pas !
J'ai essayé : on peut !
Un os dans la noce.
Les prédictions de Nostrabérus.
Mets ton doigt où j'ai mon doigt.
Si, signore.
Maman, les petits bateaux.
La vie privée de Walter Klozett.
Dis bonjour à la dame.
Certaines l'aiment chauve.
Concerto pour porte-jarretelles.
Sucette boulevard.
Remets ton slip, gondolier.

Hors série :
L'Histoire de France.
Le standinge.
Béru et ces dames.
Les vacances de Bérurier.
Béru-Béru.
La Sexualité.
Les Con.

Œuvres complètes
Quinze tomes déjà parus

SAN-ANTONIO

DES GUEULES D'ENTERREMENT

Roman Spécial-Police

ÉDITIONS FLEUVE NOIR
69, Bd Saint-Marcel - PARIS-XIIIe

ISBN 2-265-00286-0

A Victor MERENDA,
affectueusement.
S.-A.

Que personne ne cherche de ressemblance entre les personnages de ce livre et d'autres tordus qui auraient le culot de s'intéresser à eux !

S.-A.

PREMIÈRE PARTIE

CHAPITRE PREMIER

FAUT QUE JE VOUS FASSE RIRE !

Ce matin-là, Bérurier avait la figure en coin de rue sinistrée. Ses paupières étaient gonflées comme des valises d'ambassadeur au moment d'une rupture diplomatique et, avec la couche de mélancolie qui lui couvrait le visage, on aurait pu regoudronner la Nationale 7.

Pourtant, m'ayant serré la dextre des cinq saucisses constituant sa main aristocratique, il me dit cette phrase surprenante :

— Il faut que je te fasse rire !

Paroles dangereuses s'il en fut. En général, les gens qui vous font rire se gardent bien de l'annoncer.

— Voilà des années que tu me fais rire, affirmai-je, repose-toi, Gros, j'ai acheté le Vermot pour faire l'intérim...

Mais il serait plus aisé de capturer un V 1 avec un filet à papillons que de stopper Béru lorsqu'il est lancé.

Il respira d'un coup de naseau trois mètres

cubes d'oxygène, ce qui lui permit d'en dire long avant que ceux-ci ne fussent transformés en gaz carbonique.

— Figure-toi, me dit-il, que mon neveu s'est marié...

— Le boxeur ?

— Oui...

— Et sa carrière ?

— Il a raccroché les gants...

— Il a eu une indigestion de marrons ?

— Dans un sens, oui. C'est un solide cogneur, bien posé sur les jambes de devant, il faisait penser à Cerdan, si tu te souviens ?

— C'est vrai, reconnus-je, hors du ring, c'était Cerdan tout craché !

— Seulement, poursuivit le Gros, il encaissait mal. Un poing d'acier, mais une mâchoire de verre !

— Toi, lui dis-je, tu n'as pas raté un seul film de *Humphrey Bogart !*

Béru balaya mes sarcasmes d'un geste auguste.

— Brèfle, il s'est marié ! Sa femme est charmante, elle travaille comme petite main chez Martin, le célèbre couturier de La Garenne-Colombes... Quant à mon neveu, il a trouvé une situation d'avenir...

— Ah ?

— Il est huissier...

— Il avait fait son droit ?

— Il est huissier au ministère des Finances. Il peut monter en grade...

— Et devenir ministre, aux Finances, tu

parles, on cherche du monde ! Maintenant, on va les enrôler de force, les ministres des Finances, ça sera ça ou les commandos de parachutistes...

Béru, agacé, bâilla d'énervement, m'offrant ainsi une vue panoramique de ses cordes vocales.

— Le mariage a eu lieu hier, m'expliqua-t-il.

Je compris alors la raison de sa mine défaite, de son regard jaune et de cette extériorisation aussi intense de son foie.

— Tu t'es blindé, naturellement ?

— C'était une occasion, non ? Du reste, le champagne était bon. Et y avait de l'apéro à giono : le frère de la mariée travaille chez Cinzano.

Il sortit de sa poche un flacon douteux qu'il déboucha d'un coup de dents et dont il engloutit le contenu.

— Un petit coup de gnole, m'expliqua-t-il, y a rien de tel pour chasser la gueule de bois.

Il me souffla au visage une bouffée d'alcool de dernière qualité et clapa la langue d'un air satisfait.

Puis il sourit et répéta avec l'obstination qui a toujours fait sa force :

— Faut que je te fasse rire.

Je me demandai, à cet instant, pourquoi personne n'avait eu l'idée de lui flanquer une balle dans le crâne. C'eût été de la légitime défense, pure et simple.

Je fis un signe d'acquiescement :

— D'accord, mais vas-y prudemment, j'ai la rate en rodage.

Le Gros dégrafa la partie supérieure de son pantalon.

— Je fais un peu d'aérophagie, s'excusa-t-il.

— Si encore tu n'avais du vent que dans la brioche, Gros, y aurait demi-mal.

Il joignit ses sourcils broussailleux, ce qui donna instantanément à son altier visage l'expression ravagée du monsieur qui sollicite d'urgence un laxatif. Mais Béru a ceci de bien, c'est qu'il n'est pas rancunier. Les offenses glissent sur son âme comme une pluie de printemps sur les Établissements C.C.C.

— Ma femme et moi, me dit-il, le nuage passé, on s'est creusé la tête pour savoir ce qu'on allait offrir aux jeunes époux. J'avais une idée originale : une lampe de chevet. Mais ils en avaient reçu déjà quatorze. Alors, on leur a demandé ce qu'ils avaient envie.

— J'espère que ça n'a pas été d'un cours de grammaire, ai-je soupiré.

— Non, poursuivit Bérurier. Ils voulaient un appareil photographique.

— Aspirations modestes, on en trouve à des prix raisonnables.

— Et comment : j'ai couru aux Puces !

J'étais depuis toujours accoutumé aux fantaisies du Gros, mais j'avoue que cet aveu m'a fait sursauter. Le fait d'aller acheter au Marché aux Puces un cadeau de noces dénotait une grande pureté de cœur.

— Et tu as trouvé ?

— Tu me croiras si tu veux, mais j'ai mis la

main sur un Smelflex absolument neuf ! Et tu sais combien je l'ai payé ?

— Vas-y, je suis prêt à tout.

— Cinq mille balles ! Étui compris...

Je me permis un haussement d'épaules, lequel, vous l'avouerez, venait bien à son heure.

— Pour ce prix-là, dis-je, tu aurais pu leur offrir ta hure en Gevacolor. Elle eût été plus efficace dans les cas de constipation aiguë !

Mais il rêvait à son cadeau. L'appareil jouait la marche nuptiale avec son soufflet, dans le crâne de Béru où il y a tellement de place qu'un cirque pourrait y dresser son chapiteau. Ses yeux ressemblèrent brusquement à deux obturateurs.

— Il était tellement neuf, cet appareil, enchaîna le Gros, que ma femme est allée acheter une boîte de papier à lettres au Printemps...

Je fis un geste de la main pour marquer l'incompréhension. La conversation de Bérurier est à ce point décousue qu'on a toujours l'impression d'écouter la radio anglaise pendant l'occupation. Chacune de ses phrases boiteuses possède un sens caché.

— Écoute, Einstein, lui ai-je déclaré, si je réalise au premier coup d'œil le rapport existant entre toi et le chiffre zéro, en revanche celui qu'il y a entre un appareil photographique d'occasion et une boîte de papier à lettres achetée au Printemps m'est moins perceptible...

Béru sortit sa blague à tabac de sa poche revolver. L'objet était en caoutchouc et sentait l'autobus un jour de pluie. Ses formes s'étaient altérées et il n'était pas sans évoquer un vieux bandage herniaire. Depuis belle lurette la fermeture Éclair initiale ne fonctionnait plus et la poche étanche se fermait au moyen d'une forte épingle de sûreté (ce qui est normal pour une blague de policier).

Un sourire gras comme un tour de chant des Peter's Sisters flotta sur les lèvres de Bérurier tout le temps qu'il mit à se confectionner une cigarette.

Ses gros doigts boudinés avaient peine à emprisonner le tabac dans le mince cylindre de papier. Ils y parvinrent pourtant. Le Gros tira alors de sa bouche une langue écœurante comme une traversée de la Manche un jour de grand vent. Il humecta la bande de papier, et la cigarette qui n'avait jusqu'alors aucun aspect déterminé, adopta immédiatement celui d'une limace.

— Prends ton temps, lui conseillai-je, je vais me faire une réussite !

Le Gros me toisa de bas en haut, puis de haut en bas.

— Pour un crack de la sourde, tu la fous mal, me dit-il. Je t'ai dit que l'appareil était pratiquement neuf, tu me suis ?

— On n'a aucune difficulté à suivre un rouleau compresseur.

— Bon, réfléchis ; en achetant une boîte de papier à lettres au Printemps, Mme Bérurier a, en supplément, eu droit à un bel emballage. Cet emballage nous a servi pour l'appareil photo… Tu connais la chanson : c'est pas l'objet qu'il faut regarder, c'est la façon de le présenter !

Il rit. Lorsque Béru rit, vous pouvez croire qu'il se passe quelque chose. On se dégrouille de téléphoner à la météo pour voir si aucun cyclone n'est signalé.

— Tu es très astucieux, convins-je. Le jour où je t'offrirai à quelqu'un, je me procurerai une charretée de Persil pour te mettre en valeur...

Estimant la conversation terminée et ayant du travail en souffrance, je m'apprêtais à mettre les adjas, mais Béru saisit mon revers, lequel se fripa comme de la chicorée frisée.

— Attends, je t'ai pas dit le plus beau ! Faut que je te fasse rire !

— Ce n'est pas une nécessité absolue, Gros...

Mais cette enflure ne me lâchait pas. Bérurier est une sorte de bouledogue. Il a les chailles crochetées. Lorsqu'il vous tient comme il me tenait, pour lui faire lâcher prise, il n'est qu'un seul moyen : le chatouiller sous les bras. Les coups le laissent insensible et n'entament jamais sa sérénité. J'eus donc recours à cette ruse innocente. Béru se mit à glousser comme une jeune fille avec un air tellement stupide qu'on avait envie de solliciter pour lui une pension d'invalidité.

Le chatouillis a ceci de commun avec le mal de mer, c'est que ses effets cessent en même temps que la cause. Le Gros reprit très vite la gravité inhérente à ses fonctions.

— En voilà des manières, explosa-t-il. Si le Vieux te voyait !

Je partis et il me suivit à mon bureau. Au

moment où j'en refermais la porte, il bredouilla encore :

— Faut que je te fasse rire...

Sa phrase se termina par un bruit d'escalope de veau meurtrie.

— Espèce de brute ! hurla le Gros à travers le chambranle.

Ce matin-là, j'œuvrai sur une affaire de travellers-chèques falsifiés, pendant deux heures. Ensuite, je montai au labo voir Favier qui avait pris des photocopies des documents douteux... Nous discutâmes de l'affaire et je m'apprêtais à larguer les amarres lorsqu'il sourit.

Chez Favier, un sourire c'est toujours un événement. Ce gars-là est plus triste qu'un cierge. S'il n'en a pas les larmes, il en possède du moins la couleur.

— Bérurier vous a raconté ? me demanda-t-il.

— Raconté quoi ? fis-je distraitement.

— Son aventure avec l'appareil photographique.

Je me sentis vaciller sur mes fondations — ou, pour le moins, sur mon fondement. Pour que Favier appelât ça une aventure, il fallait que cette suite à l'histoire que j'avais colmatée à coup de vantail de porte dans la gargane de Bérurier représentât un certain intérêt.

— Figurez-vous, poursuivit le gars, que Bérurier a acheté un appareil photographique aux Puces pour l'offrir à son neveu qui se mariait. Comme l'engin était pratiquement neuf, il l'a enveloppé dans un beau papier du Printemps...

Tout cela, je le savais. Même que ça commençait à me court-circuiter la glande de la patience.

— Bon, enchaîna Favier, il donna ça aux jeunes époux... Ces jouvenceaux le congratulent... On déplie le présent ! On pousse des cris devant le somptueux appareil... On l'ouvre... Et...

Je commençais à dresser le bout de l'oreille.

— C'était un appareil photographique lance-eau ? suggérai-je, donnant par cette supposition la bonne mesure de mon esprit farceur.

— Non, s'esclaffa Favier, mais ils ont trouvé un rouleau de pellicule engagé à l'intérieur... Bérurier a eu bonne mine !

En effet, c'était du poilant de la bonne année. Et ça cadrait aux pommes avec l'éminente personnalité du Gravos !

— Je la replacerai, dis-je à Favier. Comment ce tonneau de gélatine s'en est-il sorti ?

Favier haussa les épaules.

— Il a prétendu qu'il avait voulu essayer l'appareil... Il a récupéré la bobine...

— C'est lui qui devait en faire une drôle !

— Et comment...

Le grand cierge s'approcha d'une cuvette de faïence. Des rectangles de pellicule trempaient dans un bain.

— Je lui ai demandé la pellicule en question, dit-il.

— Pourquoi ficher, vous n'avez pas assez de turbin comme ça ?

Il rougit un peu, ce qui le fit ressembler à un cierge allumé.

— Je suis un maniaque de la photo. Pour moi, voyez-vous, une pellicule impressionnée est un mystère en suspens. J'ai besoin de la faire parler, de la faire vivre...

Tout en racontant ses complexes, il tirait les morcifs de négatifs de leur trempette et les mirait.

— Bien entendu, fit-il, cet idiot a ôté le rouleau de telle façon qu'il a pris le jour...

Je me penchai sur les rectangles flous. On ne distinguait que pouick... On eût dit des gros plans de crème fouettée, ou alors une nuit de noces au Spitzberg...

— C'est gagné, ai-je murmuré.

Favier arrivait à la dernière. C'est-à-dire à ce qui avait dû constituer la première photo impressionnée. Elle avait été épargnée.

— Enfin, fit-il, satisfait.

Il posa le négatif contre une plaque de verre, appliqua par-dessus l'énorme lentille d'un appareil grossissant et alluma une ampoule électrique. Nous eûmes alors une vision parfaitement nette et dix fois multipliée de l'image.

— Vous espériez quoi, demandai-je, du porno d'amateur ?

Je vis que j'avais misé juste. Favier se troubla. Ce gars-là devait s'être constitué une gentille collection relative aux nombreuses combinaisons qui permettent d'accrocher quatre jambons à un clou.

En tout cas, il en était pour ses frais de tirage, car le négatif représentait un type entre deux âges.

— C'est sûrement pas la photo d'un nègre, estimai-je.

— Pourquoi ? demanda inconsidérément Favier.

— Parce que le négatif est noir ! Ce type-là doit être pâle comme un zig qui vient de rater soit le prix Goncourt, soit douze marches de son escalier.

Sur cette estimation pittoresque, je quittai le laboratoire et allai, midi sonnant au bracelet-montre de Notre-Dame, écluser le vin blanc de la mi-temps.

Précisément, mon honorable collègue Pinaud était debout devant le comptoir, tel un prêtre officiant. Il avait élu pour vin de messe une petite Roussette de Savoie que le taulier d'ici venait de recevoir et qui vous mettait dans le clapoir un parfum délicat.

Tout en dégustant ce sirop de vigne, le vieux salingue faisait de louables efforts pour filer un coup de périscope dans le décolleté de la soubrette. Il usait d'un subterfuge vieux comme mes robes ; il réglait au fur et à mesure chaque verre qu'il consommait en s'arrangeant pour laisser tomber une pièce de monnaie en deçà du rade.

Naturellement, la serveuse se baissait pour ramasser le vil argent ! Lors, notre Pinuche insinuait son regard faisandé par l'échancrure du corsage noir, à l'intérieur duquel une paire de roploplos délicats faisaient l'appel au peuple.

Je profitai du panorama à l'aide d'un travelling latéral, puis je sermonnai Pinaud.

— Je sais bien qu'à ton âge on devient un contemplatif, Pinuche... Mais il est des limites qu'on ne doit pas franchir si l'on veut éviter de mettre le pied dans la morale.

Il s'est mis à renauder vilain, le Vieux, comme quoi il avait assez de carats pour se dispenser des sermons d'un blanc-bec et il a terminé en m'affirmant qu'il préférerait mettre le pied sur la partie la plus articulée de mon individu plutôt que sur la morale.

J'ai commandé une tournée et ça l'a calmé.

Il s'est mis à me raconter le drame de son voisin de palier qui ne parvenait pas à procréer. Le malheureux ne savait plus à quels seins se vouer...

— S'il te prend comme manager, je le vois mal parti, ai-je affirmé.

Pinuche a promptement retiré sa petite moustache qui macérait dans son verre de blanc.

— Môssieur San-Antonio, s'est-il rebiffé, puisque vous m'obligez à entrer dans certains détails intimes, laissez-moi vous dire que ma virilité se moque de vos atteintes !

— Te lance pas dans l'abstrait, Pinuche ! Et moule le style régence, car tu te prendrais les pieds dans des subjonctifs vicelards !

Toutes ces parlotes pour bien vous montrer, les mecs, que, ce jour-là, rien ne laissait prévoir l'imminence d'une aventure ahurissante.

L'air n'était pas plus vicié qu'un autre jour. Les gens avaient des tronches de lundi, la bonne du bistrot avait mis ses deux nichons, Bérurier jouissait de sa connerie proverbiale et Pinaud fonçait allégrement dans le gâtisme... Bref, tout n'était qu'harmonie...

Et alors la lourde du troquet s'est ouverte à la volée. Favier est entré. Il n'avait pas pris le temps d'ôter sa blouse blanche.

Sa figure ressemblait au point d'exclamation qui ponctue les titres des Folies-Bergère.

— Je me doutais que vous étiez là ! s'est-il écrié.

Il m'a exposé devant la frime une photographie humide comme un beau nouveau-né.

— Regardez, monsieur le commissaire... Ça n'est pas la photo d'un nègre, en effet, mais c'est celle d'un mort !

CHAPITRE II

ÉCLAIRAGE AU NÉANT

J'écarquille les carreaux. Il dit vrai, Favier... Le quidam dont la bouille a résisté au jour ne devait plus penser à grand-chose lorsqu'on lui a tiré le portrait. Il est pris de face, mais on aperçoit nettement à sa tempe gauche un trou gros comme la capsule d'une bouteille d'eau minérale. L'orifice est auréolé de noir. J'examine le personnage en détail. Je connais bien ce genre de photo. A la grande taule, on en fabrique d'identiques lorsqu'on a dégauchi un macchab dont on ignore l'identité. On fait un brin de toilette au monsieur, on lui nettoie la vitrine, on y colle du rouge baiser aux labiales, du noir au-dessus des lampions, on ouvre ceux-ci pour que le zouave paraisse vivant, on rajuste son nœud de cravetouze et roulez les rotatives.

Je me perds dans la contemplation de l'étrange personnage jailli du néant. C'est un bonhomme maigre, d'une soixantaine d'années, au visage anguleux, aux joues creuses, au front bombé.

Il a le cheveu plat, une raie très basse à la démocrate-chrétien et les étiquettes un peu décollées.

Le monsieur en question semble sévère, mais ça doit venir de son regard mort. Ses yeux très clairs sont intégralement vides, et pour cause. Ses lèvres minces sont rentrées, donnant à la bouche ce quelque chose d'effrayé et de féroce qui marque le grand passage.

Favier se caresse le menton, ce qui, chez cet être grave, est un signe de jubilation.

— Que pensez-vous de ça ? me demande-t-il.

Pour l'instant, j'avoue que ça se bouscule un peu sous ma coiffe. « Faut que je vous fasse rire ! » annonçait le gros Bérurier. Elle est bien de lui, celle-là ! Cette émanation hors concours de la stupidité humaine a collé ses grands pinceaux dans un drôle de pastaga. C'est inouï ce que nous avons le chic, nous autres poulets, pour tomber sur des trucs bizarres sans les chercher. Le Béru fait l'emplette d'un cadeau de noces pour son neveu, il l'achète aux Puces et, en supplément du programme, à titre de prime, on lui brade avec l'appareil photo, le portrait d'un homme qui, si je ne m'abuse, comme dirait un faucon, a reçu un berlingot dans la mansarde.

— Asseyons-nous, proposé-je.

J'entraîne Favier à l'écart, sans tenir compte des bêlements de Pinaud qui tient à me faire observer que je n'ai pas réglé la tournée.

— Attendez, vieux, dis-je en passant la photo sur le marbre du guéridon, ne nous affolons pas et surtout gardons-nous de faire de la littérature à trois francs.

J'examine le monsieur à la tempe oblitérée.

— Peut-être s'est-il suicidé ? suggéré-je. Quelqu'un de sa famille a voulu garder un souvenir de lui...

— Hum ! fait-il. Il faudrait admettre qu'il était gaucher.

— Pourquoi pas ?

— Certes, mais les droitiers sont en majorité. Et puis...

Il extrait de sa poche une loupe qu'il me tend.

— Regardez, le projectile est entré nettement de haut en bas, les lèvres de la plaie ne laissent aucun doute sur ce point...

Je constate la chose.

— On se demande comment il aurait dû tenir le pétard pour se faire ça soi-même, appuie Favier.

Je jette la loupe sur la table. Au bruit, la servante aux roberts avantageux annonce son sourire Colgate.

— Ça sera ? s'informe-t-elle en posant sur moi un regard qui ferait éclore une couvée de crocodiles.

— Une bière ! décrète Favier qui a le sens de l'à-propos.

Je reste fidèle au petit blanc de Savoie.

Je n'arrive pas à cristalliser ma pensée sur cette histoire. Le fait qu'elle soit provoquée par le gros Béru m'empêche de la prendre au sérieux. Il doit y avoir une explication à ça... Peut-être un journaliste a-t-il photographié le défunt pour son canard et l'a-t-il laissé choir postérieurement pour une affaire plus excitante ?

— Cette bouille ne vous dit rien ? je questionne.

— Non, assure Favier. Je vais la montrer à David des sommiers, il a dans l'œil et dans ses fichiers le portrait parlé de tous les gars disparus ou morts de façon violente...

— *O.K. !* je vais bouffer un morceau ici... Dès que vous aurez du nouveau, faites-le-moi savoir.

Il écluse son résidu de houblon et je lui en serre cinq à la fois.

Je hèle la vaillante soubrette pour lui dire de me sustenter. Cette jouvencelle, dont la fine moustache ouvre des horizons infinis sur son système pileux, me révèle que le plat du jour se compose de saucisse de Toulouse. J'en sollicite une de sa haute bienveillance et elle me l'apporte en priorité sur le restant de la clientèle. Pour tout vous dire, la charmante enfant a un faible pour moi ; un faible assez fort !

Comme toute peine mérite salaire, j'y vais de la tarte à la crème.

Je lui affirme que ses yeux paraissent découpés dans du velours, que sa bouche est un piège à baisers et que si on mettait en vente ce qui lui remplit le corsage, Boussac devrait bazarder tous ses bourrins pour en douiller la juste valeur.

Après ces salades, la môme se prend pour Sophia Loren et regagne son bac à plonge comme s'il s'agissait d'une salle de bains en marbre noir.

Le gars San-Antonio attaque gaillardement l'estimable saucisse qui repose sur un lit de lentilles pour lesquelles Esaü ferait de nouvelles bêtises... Dans ce troquet, le menu tiendrait sur un ticket de métro, mais ce qu'on y tortore est de *first quality*.

J'avale la suprême bouchée lorsque Bérurier paraît. Il est blindé comme un croiseur de bataille. Je comprends qu'il a retravaillé sa biture nuptiale. A force d'avaler des calmants à soixante-dix degrés pour lutter contre la g.d.b., il a ramassé une caisse plus monumentale que celle de la veille. Il tient à peine debout et un regard un peu trop appuyé le ferait tomber.

Le regard noyé, le geste lourd, il s'approche de ma table.

— C'qu' je..., commence-t-il.

Il se tait, pensif, cherchant des syllabes à assembler. Mais sa tête ressemble à une cour de récréation. Les idées galopent dans tous les sens...

Je lui désigne la banquette d'un geste péremptoire qui, je l'espère, traversera son brouillard.

— Assieds-toi là, Gros, et oublie que tu existes. Ça n'est pas parce que ta maman a eu des cauchemars en t'attendant que tu dois en supporter les conséquences.

Il s'assied. Son chapeau informe est de traviole et sa barbe pousse à vue d'œil. On croirait visionner un court métrage sur la germination instantanée.

Favier s'annonce à nouveau. Il est calme, maintenant, sérieux comme un pape.

Il tient un agrandissement de la photo et il me la tend en disant :

— Mystère total... Aucune trace de cet homme, nulle part ! Rien aux sommiers, rien à la criminelle. Personne ne se souvient de lui... J'ai montré l'image à Morel, le reporter spécialisé dans les affaires criminelles, il est certain de n'avoir jamais vu cet oiseau...

Pendant que je regarde l'homme de la photo, Béru siffle mon verre.

Favier se tourne alors vers lui. Il ne remarque pas sa biture et déclare :

— Vous avez fait du beau !

— C'était la noce à... mon... heu !... ne...

C'est tout ce que peut proférer le Gros.

— Qu'a-t-il ? demande le gars du labo, lequel est sobre comme une caravane de chameaux.

D'un geste bref, mais significatif, je lui apprends la nature du mal dont souffre Bérurier. Il a une grimace méprisante.

— Se mettre dans des états pareils ! dit-il. C'est honteux... Abdiquer toute dignité humaine, je vous jure...

Béru, se sentant l'objet de ces sarcasmes, concentre sa lucidité et dit qu'il n'a rien abdiqué du tout et qu'il est prêt à subir un test pour prouver aux esprits malveillants qu'il n'a pas une seule goutte d'alcool dans les veines.

— Qu'on me fasse une pranse de si ! conclut-il avec force.

Favier hausse les épaules.

— Alors ? me demande-t-il. Que faisons-nous ?

J'empoche l'image et je me lève.

— Je vais m'occuper de cette curieuse affaire, dis-je. On peut dire que ce mystère est né du néant !

Je demande à la serveuse un café noir très fort et lui dis d'y laisser tomber quelques gouttes d'ammoniaque.

Lorsque ce breuvage de choc est sur la table, j'exige de Bérurier qu'il l'absorbe. Dans l'état où il se trouve, le Gros avalerait aussi bien un aquarium de poissons exotiques. Il m'obéit et, à son regard, je vois que ce traitement lui a causé la secousse efficiente.

— Allez, en route ! fais-je. Mon bon Favier, je vous tiendrai au courant.

— Où qu'on va ? s'inquiète Béru.

— Chez ton neveu, lui dis-je. Quand ta ligne sera rétablie, je t'expliquerai, Gros. Pour le moment reste aux abonnés absents. Et donne-moi l'adresse du Cerdan des pauvres.

CHAPITRE III

JE CHERCHE DES CROSSES... ET J'EN TROUVE UNE!

J'embarque le Gros dans mon carrosse et je ne lui décroche pas une broque. L'air mouillé de Paname entre à plein chapeau par les vitres baissées. Béru claque des chailles et sa frite se décompose dans le vent.

— Nom d'un chien, bredouille-t-il au bout d'un moment, je me sens pâle des genoux.

Prévoyant le pire, je l'arrête à l'orée d'un square et il va s'expliquer avec le pied d'un arbre. Une nourrice sèche qui promène par là un nourrisson humide se met à crier à la garde. Elle se sauve en poussant le chiare dans sa poussette. Voilà comment on file le virus de la vitesse aux mouflets.

Lorsque le Gros s'est suffisamment désintégré, il revient dans ma bagnole. Ses yeux sont rouges comme deux boulets d'anthracite en combustion. Un filet de bave coule aux commissures de ses lèvres, le faisant ainsi ressembler à un boxer que j'ai beaucoup aimé.

— Ça va mieux, avoue-t-il. Je dois avoir le foie

dérangé... Ou alors c'est cette sauce tartare d'hier qui n'était pas fraîche !

— Si tu avais un foie, Gros, tu en aurais entendu parler depuis belle lurette... Avec toutes les saloperies que tu te colles dans l'œsophage !

Il est un peu penaud.

— Qu'est-ce qui se passe ? demande-t-il après son silence contrit. J'ai cru comprendre qu'il y a du rififi dans la strasse ?

— Il se passe que tu nous as branchés sans le vouloir sur un petit problème...

— Moi !

— Oui, oui, mon chérubin... Avec ta foutue manie d'acheter des occasions neuves...

— Je ne pige pas !

— Inutile de le préciser, on le sait ! Tu as pratiquement été conçu et mis au monde pour ne rien piger... Tu es un roseau qui ne pense pas !

Il se rembrunit comme un dos de *pin-up* en vacances à Cannes.

— Gueule pas si fort, supplie-t-il, ça me résonne dans la tête...

— Elle peut résonner, ta tête, étant donné qu'elle est vide... Tu te rappelles ce rouleau de pellicule qui se trouvait à l'intérieur de l'appareil photographique ?

— Oui...

— Favier te l'a demandé ?

— Oui.

— Il l'a développé...

— Ah ?

— Il n'y avait qu'une photo potable...

Je lui lance le rectangle de carton sur les genoux. Il le cramponne et y concentre son attention.

Tout en pilotant ma tire, je le surveille en coulisse.

— Alors ? interrogé-je, qu'en dis-tu ?

Il hoche la tête.

— On dirait que ce type a morflé une olive dans le plafond, non ?

— Oui, on le dirait...

— Tu ne trouves pas que c'est un curieux sujet à photographier, toi ?

— Si...

Il est abasourdi.

— Alors ce gars-là se trouvait dans l'appartement ?

— Oui, il y était tapi, le sournois... Il n'attendait qu'une occase pour déboucher dans notre vie...

— Et pourquoi que tu veux aller chez mon neveu ?

— Pour récupérer le Smelfex, pardine... Il faut savoir d'où vient l'objet, non ?

Béru connaît suffisamment le métier pour admettre que j'ai raison.

— Les jeunes sont partis en voyage de noces, objecte-t-il.

J'en file un coup de frein brutal. Malédiction ! Je n'avais pas pensé à ça. Nature, ils ont emporté l'appareil, les tourtereaux, manière de mitrailler leur bonheur. Et ils vont se tirer le portrait, entre autres choses, en long, en large et en Agfa-color...

— Oui, admet Bérurier, c'est c...

Tant de précision dans le raccourci de sa pensée me fouette le sang.

— Où sont-ils partis en vadrouille, ces amours joufflus ?

— A Riva-Bella... Un cousin d'une amie de ma femme tient un hôtel là-bas... Il leur a fait des prix, comme ça n'est pas la saison.

Il s'est marida à l'éconocroque, l'ancien boxeur... C'est bien ça : il l'aura, son frigo... Et plus tard, sa canne au lancer léger...

L'avenir est aux gens prévoyants, à ceux qui ont un livret de caisse d'épargne et qui achètent de la choucroute pour huit jours sous prétexte que ça se réchauffe...

Je me gratte le dôme.

— Tu es sur quoi, en ce moment ?

— Sur l'affaire Bugnazet, dit-il. Tu sais, ce commandant qui a oublié des documents intéressant la Défense nationale dans un bosquet du bois de Boulogne...

Il hausse les épaules.

— Alors, rien ne presse, les documents n'intéressent plus personne à cette heure, pas même la Défense nationale. On va aller faire la bise à ton neveu...

— Mais, balbutie-t-il.

— Quoi ?

— C'est loin...

— Riva-Bella ? A peine deux cent cinquante bornes... On peut très bien faire l'aller-retour dans la journée...

Il soupire :

— Ne va pas trop vite...

— Mais non, tu sais bien que ma voiture ne dépasse pas le cent soixante...

Il gémit comme le fermoir d'un porte-monnaie écossais.

— Tu vas gagner le canard un de ces jours, San-Antonio...

Tel un météore ou un satellite artificiel, notre équipage traverse Mantes, puis Évreux... Le Gros est accagnardé sur sa banquette, cramponné à son bitos...Ses gobilles fixées sur le cadran de vitesse, il annonce d'une voix geignarde :

— Cent quarante ! cent quarante-cinq...

J'écrase la girole.

— Il y a un virage signalé, crie Bérurier.

— Je sais, merci...

— Ralentis ! C'est de la démence... Tu vas...

A la fin, j'en ai classe de ses jérémiades.

— Écoute, bonhomme, lui dis-je, si tu ne la boucles pas immédiatement, je vais faire de l'excès de vitesse pour de bon et il ne sera pas impossible que ta femme reçoive par paquet-lettre ce que tu possèdes de plus précieux : à savoir tes trois dents en or...

Il la ferme instantanément.

Ensuite, c'est Lisieux, puis Caen... Le Gros me dit qu'il mangerait des tripes vu que son malaise est maintenant complètement dissipé.

Cette résurrection me fait sourire.

— Au retour, mon vieux boa, au retour... J'ai hâte de mettre la paluche sur ton cadeau de noces.

Encore une vingtaine de bornes et nous arrivons dans la petite station balnéaire de Riva-Bella. Le coin est charmant comme un terrain vague. Pour corser encore la tristesse ambiante, la mer est tellement démontée que les sardines doivent prendre mal au cœur.

Béru connaît le patelin. Il nous dirige droit à l'hôtel *Mes délices* où les amoureux savourent les leurs. Le gargotier se fait tartir comme une croûte de pain derrière une malle. Pour le quart d'heure, il fait les mots croisés du *Hérisson* et cherche un mot de trois lettres commençant par c et finissant par n qui veuille dire « vous en êtes un autre ». Il avise Bérurier et c'est une révélation pour lui. Il note fiévreusement sa trouvaille et s'empresse.

— Quel hasard ? demande-t-il.

Le Gros s'affale sur une banquette qui ne lui avait cependant rien fait.

— Vite, un calva ! mugit-il. La voiture m'a barbouillé...

Le taulier s'empresse. Mon pote engloutit l'alcool de pommes et clape de la menteuse avec conviction.

— A part ça, rien de cassé ? s'inquiète le maître de *Mes délices* .

— Non, dit Béru, rien, les jeunes sont là ?

— Oui, dans leur chambre...

— Allons-y, fais-je au Gros.

Nous grimpons un escadrin vertical aux marches luisantes d'encaustique. Bérurier glisse sur l'une d'elles et redescend à plat ventre. Il se dresse, humilié par sa chute, se frotte les genoux, tire sa montre de son gousset et vérifie qu'elle marche encore. C'est un formidable oignon d'un mètre de diamètre qu'il a déjà légué par testament au clocher de sa paroisse.

— Rien de cassé ? demandé-je.

Il secoue la tête. Nous parvenons à l'étage et mon camarade s'arrête pour reprendre souffle. On dirait qu'il vient d'escalader l'Everest...

Je vais frapper à la chambre 12 lorsque des cris retentissent. La jeune épousée est en train d'appeler sa mère à pleine gorge ! Notez qu'elle serait bien emmouscaillée si la vieille radinait à cet instant.

Béru en rosit.

— Ma parole, dit-il, ils remettent le couvert !

— Ils sont là pour ça, non ?

Nous attendons la fin de la séance pour nous manifester.

Un conflit éclate entre les tourtereaux pour une mesquine question de rythme... La petite est pour l'accélération, tandis que le boxeur se déclare partisan d'une allure modérée. Problable qu'il a vu l'écriteau fiché à l'entrée du bled : « Ralentir, chaussée bombée ! » De toute façon, comme c'est lui qui conduit, il fait prévaloir son point de vue. La môme se soumet.

— Tu vois, chuchoté-je à mon compagnon, tout est question d'adaptation dans la vie.

Béru est couleur framboise. Sérieusement émoustillé, le zig ! Je vous parie bien une brosse à dents de scie contre une calvitie de notaire que si je n'étais pas là, il mettrait l'un de ses yeux au niveau de la serrure.

Comme un soupir nous parvient, nous concluons que la représentation est terminée et nous frappons à la porte.

Un silence, puis la voix essoufflée du Bérurier junior retentit :

— Qu'est-ce que c'est ?

— Tonton ! dit le Gros en dénouant sa cravate.

L'ex-boxeur croit à une calamité familiale et se hâte de délourder. Il est vêtu d'un seul slip et il a des yeux cernés comme l'armée française à Waterloo.

— Mon Dieu ! fait-il en nous apercevant.

Nous entrons dans la pièce. Ça renifle l'amour et le renfermé. La jeune épousée se cache derrière un drap. Elle n'est pas jolie, mais gentille, et il y a dans son regard surpris autant d'intelligence que dans le trou d'écoulement d'un évier.

Béru calme les inquiétudes du couple en louchant sur un bout de sein de sa nièce qui se barre par-dessus la carrante.

— Je viens chercher l'appareil photographique que je vous ai offert, dit-il.

Ils en sont comme deux ronds de flan à la vanille.

— Le... l'ap... l'appareil ! bredouille le boxeur.

Béru est emmouscaillé. Je lui viens en aide.

— Il l'avait montré à quelqu'un qui se trouvait dans notre bureau, ce quelqu'un l'a touché et nous voudrions récupérer les empreintes... Dès demain nous vous le renverrons par colis postal...

Le neveu, qui croyait déjà que sa bonne vieille maman avait passé sous un autobus, est soulagé. Il va chercher l'appareil et nous le tend. Nous remercions, nous nous excusons et laissons les jeunes mariés à leurs ébats.

Le taulier nous guette au bas de l'escadrin.

— Ça marche, là-haut ? s'inquiète-t-il.

— Très bien, rassuré-je, du train où vont les choses, non seulement on peut espérer un garçon, mais il est probable que ce sera un cosaque !

Nous bombons jusqu'à Caen où Béru, suivant la promesse que je lui ai faite, se cogne une casserolée de tripes. Les amours de son neveu auxquelles nous avons assisté de façon auditive l'ont plongé dans une sorte de tendre euphorie. Il est attendri, ce cher homme.

La bouche pleine, la trogne congestionnée, le gilet déboutonné, le chapeau redressé, il me confie :

— Vois-tu, San A., les Bérurier sont de solides amoureux. Je me souviens de ma nuit de noces...

Je hausse les épaules.

— C'est si loin tout ça, Béru...

La sauce des tripes lui dégouline aux commissures.

— Tu peux être certain que, cette nuit-là, Mme Bérurier a eu les doigts de pied en bouquet de violettes !

— Pourquoi, tu lui as fait une frayeur ?

Il se marre.

— Une drôle !

La nostalgie lui va bien. Sa cravate traîne dans l'assiette de tripes, il la pique avec un paquet d'entrailles et, par inadvertance, l'enfourne dans son clapoir.

Je m'apprête à lui faire observer combien une cravate, même à pois, est indigeste, mais un autre spectacle sollicite mon attention.

Notre bagnole est stoppée juste devant les troènes limitant la terrasse du restaurant. Et je m'aperçois qu'un type fringué d'un pardeusse marron et d'un chapeau noir est en train d'ouvrir la portière sans la moindre façon.

Je me lève avec une telle hâte que l'assiette de Bérurier bascule et qu'il prend le reliquat des tripes sur sa braguette qui en a vu bien d'autres — et des moins bonnes.

En quatre enjambées et demie, me voici dehors. Le bonhomme repéré depuis l'intérieur de l'usine à intestins vient de se saisir de l'appareil photo posé sur la banquette. Il fait volte-face pour se tailler, se trouve nez à nez avec moi et il est tellement sidéré qu'il en ouvre le bec autant que l'articulation de sa mâchoire le lui permet. Histoire de supprimer les courants d'air possibles, je lui ferme d'un crochet au menton. Je vois alors ses yeux se brouiller comme un jeu de cartes renversé. Il titube, s'adosse au capot de la bagnole et reste les bras ballants, attendant une seconde pêche dont je lui fais grâce...

Vous connaissez les humains ? *Illico,* nous sommes cernés par une tripotée de quidams. Deux hommes qui se pitrognent, ça fait toujours recette ! Et voici messieurs les agents, à vélo, s'il vous plaît, l'air angélique, qui commencent par nous alpaguer au collet. Je n'ai que le temps de leur montrer mes fafs avant l'hécatombe. Lors, ils esquissent un salut et me proposent d'embastiller le voleur d'appareil photographique.

J'accepte d'autant plus volontiers que j'ai des questions multiples à poser au gars et qu'il me serait pénible de l'interroger devant tout le monde.

En route pour le poste !

Comme nous nous éloignons, Béru se met à gueuler depuis la lourde qu'il n'a pas d'oseille sur lui pour cigler ses tripes. Le patron, un grand chauve rébarbatif, lui barre le chemin.

— Fais la plonge pour payer ! lancé-je avant de disparaître.

Au commissariat, on met à ma disposition une petite pièce flétrie, chichement meublée d'une table en bois blanc et de deux chaises. Pour unique décoration : la photographie du président de la République, constellée de fientes de mouches.

Le type qui voulait secouer le Smelflex des Bérurier reste immobile, avec, à la pointe du menton, une mignonne tache jaune qui bleuira avant longtemps.

Je le défrime. C'est un grand gnace maigre comme un fakir, avec une figure de lavement mal digéré et des paupières bombées comme celles d'une grenouille ou de M. Daniel-Rops (de l'Académie Française par jésus interposé).

Je ferme la lourde et lui désigne une chaise.

— Assieds-toi !

Il obéit. Il semble rêveur...

— Aboule tes papiers !

Il met la main à sa poche intérieure, mais au lieu d'en sortir son larfouillet, il exhibe un très joli pétard de 9 millimètres.

— Il est à vendre ? demandé-je.

In petto, je songe que j'ai été une véritable crème d'andouille. J'ai négligé de fouiller le zig, faisant confiance à son air abattu. Et maintenant, s'il en a envie, il peut me coller dans la brioche autant de pralines qu'en contient son magasin.

D'un petit geste bref du canon, il me fait signe de lever les pognes. J'obéis. Croyez-moi, cet aimable farceur a sous ses paupières à demi baissées une étrange lueur qui ne trompe pas un homme averti.

Je vous parie une éclipse de lune contre la ligne bleue des Vosges qu'il serait fort capable de me flinguer en tout bien tout honneur.

Je hisse mes ustensiles à faire mouvoir les marionnettes à la hauteur de mes épaules.

— Mince de carte de visite ! apprécié-je. Sur simple présentation de ces papiers-là, on a droit à une place assise dans le métro, même les mutilés se flanquent au garde-à-vous...

Jusque-là, je tiens à vous le faire observer, je n'ai pas ouï le son de sa voix. Il est peut-être muet, le chouraveur de Smelflex ?

Ou alors, il a un fusible qui a pété dans sa menteuse ?

Le voilà qui me fait signe à nouveau. Il a l'éloquence du geste, mon petit camarade. De façon on ne peut plus explicite, il m'enjoint de faire face au mur.

J'hésite, tiraillé entre ma dignité et mon trouillomètre qui flotte dans des régions minimales, mais la dignité n'a jamais permis à un homme de devenir centenaire. Voyant le doigt du type se crisper sur la gâchette, je me décide à me coller au piquet. Mon naze est à quatre centimètres du papier de la tapisserie. Deux mouches en délire sont en train d'y faire ce que faisaient naguère les Bérurier's partners à l'hôtel de *Mes Délices*. Elles ne se gaffent pas du critique de ma situation. Leur accouplement est intense. Je n'assiste pas à la fin du zizi-papan car, brusquement, je déguste à la base du crâne une de ces infusions de matraque qui donnerait le goût de l'astrologie à un ver de terre.

Le mur se met à danser le *rock and roll* et je prends un billet de parterre.

Je ne perds pas conscience, pourtant, pendant un laps de temps que je ne suis pas en mesure d'évaluer, la réalité part en vacances au pays de l'abstrait. Un turboréacteur-sauce-mayonnaise mugit dans mes manettes... Je perçois vaguement un bruit de fenêtre ouverte et j'essaie de me mettre à quatre pattes... Au début, mon crâne en plomb m'entraîne en avant, pourtant j'arrive à me mettre droit.

L'homme au chapeau noir n'est plus là... Je me dirige vers la croisée à pas prudents. Elle donne sur une ruelle déserte... Bon, le zig s'est emmené promener sans attendre mon réveil.

Inutile de galoper... Je porte deux doigts prudents à ma nuque, et j'ai envie de dire : « Excusez-moi, monsieur », car la protubérance que je caresse ne peut m'appartenir... Parole, ma tronche a doublé de volume ! J'agrandis mon stade en vue du match Toulouse-Lautrec !

La porte s'entrouvre et le visage d'un archer paraît. Il me contemple, réalise que je suis seul, aperçoit la bosse qui agrémente mon cirque d'hiver et extériorise son impression dominante de la façon la plus saisissante qui soit, la plus concise, la plus ramassée :

— Merde !

Et de se mettre à meugler comme un bœuf qui a sa crise de nerfs (de bœuf).

Les aminches du patelin se foutent carrément de moi lorsqu'ils apprennent mon aventure. Je dois reconnaître que pour un champion toutes catégories de la police, j'ai bonne mine. Il n'y a pas grande différence entre moi (dit mézigue) et deux kilos d'andouille pliés dans de la toile émeri.

Furieux comme un producteur de cinéma qui vient de signer par mégarde un chèque approvisionné, je quitte le commissariat.

C'est alors, et alors seulement, que je repense à Bérurier. Le Gravos doit renauder sauvagement. Peut-être qu'il s'est filé une toise avec le marchand de tripes ! Il est temps que j'aille payer son orgie...

Je regagne le restau en mâchouillant des insultes à l'endroit (et même à l'envers) de mon agresseur. Son coup de crosse m'a ouvert une perspective intéressante, non seulement sur la voie lactée, mais aussi sur l'affaire scabreuse du mort photographié.

Les rues titubent un peu autour de moi, comme si elles étaient chlasses, mais je feins de ne pas m'en apercevoir pour ne pas les humilier.

Je pénètre dans le restaurant et j'avise le Gros affalé devant un verre de fine.

— T'en as mis du temps ! soupire-t-il. Qu'est ce qui s'est passé ?

— Un escogriffe chouravait l'appareil photo.

— Pas possible !

— Si. Je l'ai embarqué à la maison-parapluie d'ici, mais figure-toi qu'au moment de l'interroger, il m'a offert un voyage interplanétaire...

Je découvre ma bosse à mon pote. Il siffle d'admiration.

— Je n'ai jamais vu une aubergine pareille, assure-t-il. Fais-la photographier avant qu'elle ne désenfle, ça intéressera le Musée de l'Homme !

Je hausse les épaules et sors mon crapaud pour casquer le gargotier.

Béru a un geste noble.

— Inutile !

— Tu as retrouvé ton pognozoff ?

— Non, j'ai gagné mon écot au 421. Le taulier est un minable à ce jeu, il ne sait pas tricher...

Là-dessus, nous quittons l'établissement.

— Tu peux conduire malgré ta bosse? demande mon valeureux camarade de combat.

— Merveilleusement, lui dis-je, l'aérodynamisme est un des principaux facteurs de la vitesse.

CHAPITRE IV

LE PETIT ÉCUREUIL... ET LE VIEUX GLAND

Retour sans encombre à Paris (Seine).

J'éjecte Bérurier devant sa lourde. Il fronce le sourcil en voyant le coiffeur du coin sortir de son immeuble. Les merlans sont bouclés le lundi et celui-ci, au lieu d'aller pêcher au pont de Suresnes, vient pécher avec Mme Bérurier. Le Gros est au courant, comme on dit à l'E.D.F. Il ronge son frein et ferme les yeux : l'infortune vient en dormant !

Je le vois rentrer un peu sa grosse tronche dans les épaules et saluer le pommadin d'un geste aimable.

Après tout, il vaut mieux que Mme Bérurier joue avec l'honneur de son mari plutôt qu'avec les rasoirs du coiffeur, comme ça elle nè craint pas de se couper.

J'embraye et regagne mon domicile. Félicie, ma brave femme de mère, m'attend en changeant le col d'une de mes chemises. Elle fabrique des cols et des manchettes dans les pans de ladite limace, si bien qu'après ce rodage de soupapes, la chemise m'arrive dix centimètres au-dessus du nombril.

— Salut, m'man, ça va...

Nous échangeons un baiser furtif, mais solide. Le front de Félicie sent le cheveu gris et le savon de Marseille.

— Il y a un pigeon dans le frigidaire, c'est le voisin d'à côté qui me l'a donné, je vais te le faire cuire...

Elle s'active.

Je pose mes lattes, ma veste et je me carre dans un fauteuil à bascule.

Le beurre crépite dans une cocotte... La radio joue en sourdine une valse anglaise triste comme un dimanche londonien... Je suis bien. J'aime notre pavillon, sa douceur, le trottinement de Félicie, l'odeur de terre mouillée du jardinet... J'aime nos meubles rococo, les perles de l'abat-jour, le chemin de table. La vie s'arrête à notre grille. Losque j'ai franchi celle-ci, je me trouve dans un univers suave, sucré, tiède...

La voix de m'man s'élève, tendre et préoccupée :

— Je t'ouvre une petite bouteille de Bordeaux ?

— Eh ! dis donc, m'man, c'est gala aujourd'hui ?

— Puisqu'il y a un pigeonneau...

— En quel honneur il t'a donné ça, le gâteux d'à côté ?

— Ne crie pas si fort, Antoine, la voix porte !

— Il ne te ferait pas la cour, au moins ?

J'aime la faire rougir. Elle marche à tous les coups.

— Oh ! Antoine...

La voici qui revient, le ventre ceint d'un tablier blanc.

On entend toujours le floflottement du beurre et tout l'appartement renifle le pigeon en train de mijoter.

— Écoute un peu, m'man...

Elle sait que, dans mes instants de graves préoccupations, je lui narre mes tracas... Elle sait aussi que j'agis ainsi plus pour me permettre de penser tout haut que pour solliciter son avis. Elle s'assied.

— Alors ?

Je lui déballe le paquet, minutieusement. Lorsque j'ai terminé, elle se précipite sur ma bosse. Mais l'aubergine s'est dégonflée, ce qui calme instantanément ses angoisses.

— Bon, que penses-tu de ça, m'man ?

Elle essuie ses mains propres à son tablier.

— Je ne sais pas, avoue-t-elle. Et toi ?

— Moi, non plus, je ne sais pas... Tout est tellement filandreux là-dedans. Lorsqu'on photographie un homme assassiné, on doit certainement se préoccuper de la pellicule, hein ?

— Il me semble...

— Pourtant un brocanteur a acheté l'appareil contenant cette image compromettante... Admettons... Il y a toujours une explication à tout. Mettons aussi que le type ayant tiré les photos du mort ait voulu récupérer l'appareil...

Je me tais. Ma pensée, à cette phrase de l'histoire, est ténue comme une toile d'araignée. Un courant d'air la déchirerait... Félicie respecte mon silence. Elle voudrait bien aller retourner le pigeon, mais elle n'ose pas rompre le charme.

Je soupire...

— C'est ça, au fond, le plus inouï de l'affaire : ce type qui, à Caen, a tenté de reprendre l'appareil photographique... Comment a-t-il pu remonter la filière jusqu'à cet instant, hein ? Cela sous-entend qu'il avait retrouvé la trace de Bérurier... Qu'il avait su que le Gros avait offert l'engin à son neveu, qu'il avait suivi le couple... Oh non ! je te jure que j'y perds mon latin, m'man...

Félicie va secouer la casserole dans la cuisine. Moi, je suis emberlificoté dans mon raisonnement, comme un jeune chaton dans un écheveau de laine.

Réapparition de Félicie.

Elle est satisfaite, probable que le pigeon du voisin prend bonne mine.

— L'homme qui t'a assommé était peut-être un simple voleur de voiture, un... un... comment appelles-tu ces gens-là, déjà ?

— Des roulottiers, m'man.

— Oui. C'en était peut-être un, tu ne crois pas ?

— On ne menace pas un flic d'un pétard, on ne l'assomme pas pour une inculpation aussi vénielle, objecté-je.

— Il avait peut-être d'autres choses plus sérieuses à se reprocher ?

— C'est possible...

Je chausse mes pantoufles et je vais à mon garage récupérer l'appareil.

Je le pose sur la table et le sors de son étui pour l'examiner attentivement. C'est du truc à dix sacs, neuf, étui compris. Il n'a absolument rien de particulier, pas même un numéro de série. Rien de plus banal, de plus anonyme... Rien qui fasse davantage congés payés que ce 6 x 9 noir à boutons chromés.

Après l'avoir tourné dans mes paluches pendant la cuisson du pigeonneau, je suis d'accord avec Félicie : le type de Caen ne pouvait être qu'un roulottier. Je n'avais pas fermé la lourde de ma guinde et il a voulu sucrer le truc posé bien en vue sur la banquette. Au commissariat, il s'est donné peur. Sans doute a-t-il un pedigree déplorable ?

Bon, cette seconde question est classée. Je donnerai un coup d'œil aux sommiers, demain, histoire de vérifier si mon agresseur y figure. En attendant, monsieur le poulet va se taper le pigeon. Et le plus pigeon de nous deux, croyez-moi, c'est le poulet !

Il n'est pas 7 heures du mat lorsque je joue : « Parlez-moi d'amour » sur la sonnette de Bérurier. En le quittant, je lui ai annoncé que je viendrais le tirer des bras de l'orfèvre et je tiens ma promesse.

Il vient m'ouvrir, tout gluant d'un sommeil réparateur. Il s'est glissé dans un pyjama à rayures qui le fait ressembler à un vieux zèbre malade.

— Tu joues « Prison sans barreaux », mec ? lui demandé-je avec entrain.

Je tapote son ventre épanoui dans le pyjama.

— Tu devrais faire vérifier le gonflage, un éclatement est si vite arrivé !

Il se marre et ouvre la veste du vêtement de nuit. Je découvre alors une poitrine velue comme une marchande de poissons napolitaine. Il se gratte lentement, ce qui fait pleuvoir des miettes de pain sur le tapis élimé.

— C'est une manie que j'ai prise de bouffer au lit, m'explique-t-il. Alors ça démange, s'pas ?

Tout en m'initiant à sa vie privée, il fait sa toilette sur l'évier de la cuisine. Ses ablutions sont toujours extrêmement sommaires. Il se rase, se donne un coup de peigne et frotte ses battoirs sur un linge humide qu'il ne se donne même pas la peine de décrocher. Ensuite de quoi il amène au milieu de la pièce une chose immense et flasque percée de deux trous. Il pose un pied dans chacun des orifices, puis remonte la chose qui s'avère être un pantalon.

Il se débarrasse de sa veste de pyjama, la remplace par une chemise dont il oublie de rentrer le pan arrière dans le futal et enfile par-dessus sa hure une espèce de nœud coulant qu'il serre sur son col et baptise cravate.

— Alors, on va au Puces ? fait-il.

— Si c'est un effet de ta bonté ?

— D'accord...

Il passe sa veste en ahanant, car cela constitue sa culture physique matinale, ensuite il sort deux verres d'un placard et un litre de rouge dessous l'évier.

— Un petit coup de pousse-au-crime ? me propose-t-il.

— Non, sans façon...

— Tu as tort, c'est du vin de pays... Je ne prends que ça en guise de petit déjeuner...

Il en consomme deux grands verres et s'essuie les lèvres.

— Bon, je suis ton homme !

Je me file en boule, soudain.

— Écoute, Gros, m'écrié-je, je n'ai jamais compris pourquoi tu t'es lancé dans la flicaille au lieu de choisir la diplomatie. Je te verrais si bien en train de te moucher dans les rideaux de Buckingham Palace...

Il hausse les épaules. Il voudrait répondre, mais, pour l'instant, il se racle le gosier et crache par la portière. Le résultat de son expulsion se plaque contre la vitre. C'en est trop.

— Tu n'es qu'un répugnant personnage ! lui dis-je. Je préférerais organiser des excursions pour fosses d'aisance plutôt que de te trimbaler !

— Excuse, fait-il, je croyais la vitre baissée !

Puis, soucieux de se justifier pleinement, il explique :

— Le matin, y a une mise en route de l'organisme à faire, faut comprendre...

— Tu aurais pu la faire chez toi, hé, poubelle !

Je planque ma charrette le long d'une palissade et nous pénétrons sur le marché.

Y a des gnards qui raffolent des Puces et qui y

passent leurs loisirs ; moi, je veux bien… Mais, en ce qui me conserne, je suis réfractaire à leur poésie. Toutes ces vieilleries accumulées, ces objets incroyables, ravagés, fanés, meurtris, brisés, dont l'utilité n'est pas toujours perceptible me font mal à l'âme. Leur poussière et l'histoire qu'elle recouvre éveille tout au fond de mon être une tristesse déprimante…

Les Puces, c'est une espèce d'abdication collective, c'est l'aveu général d'une faillite humaine…

Nous pénétrons sur ce champ de foire et je change ma façon de respirer afin de renifler le moins possible ce remugle écœurant.

Béru, lui, est à son affaire. C'est un adepte ! Il va d'une allure lente, l'œil aux aguets, prêt à saisir une occasion par les cheveux lorsqu'elle n'est pas chauve.

Il tombe en arrêt devant le modeste étage d'un sidi frileux.

— C'est lui qui t'a vendu l'appareil ? interrogé-je.

— Non, mais attends un instant… Il y a là quelque chose qui m'intéresse.

Je le vois se pencher et se saisir d'un petit écureuil empaillé, à la queue mitée. La bestiole ressemble à Pinaud.

— Tu ne crois pas que ce serait charmant dans ma salle à manger ? me demande-t-il.

— Merveilleux, affirmé-je. Et, toi, tu ferais le gland, t'es doué pour.

Le marchand s'empresse. Il demande un prix que j'avoue raisonnable.

— Tu vas laisser cette saloperie où elle est ! hurlé-je dans les trompes d'Eustache de Béru. Crois-tu que je t'ai amené ici pour acheter des écureuils !

Lorsqu'une idée le tient, impossible de l'en faice démordre. Il marchande, se met d'accord avec le sidi et extrait de sa chaussette une pièce de cinq francs.

C'est à trois que nous poursuivons notre chemin.

Le Gros, son rongeur sous le bras, me conduit enfin au marchand qui lui a soldé l'appareil photographique.

C'est un petit vieux à lunettes cerclées de fer qui ressemble à un instituteur en retraite. Il est poussiéreux, comme les choses qu'il vend, et plus triste qu'elles. Il est emmitouflé dans un cache-nez de grosse laine, un béret lui emboîte la tête, sommé d'une petite couette agressive. Cet embryon de tige lui donne vaguement l'aspect d'une poire.

Béru change son écureuil de bras.

— Salut, fait-il, vous me reconnaissez ?

L'autre le considère calmement.

— Il me semble, admet-il, je vous ai vendu quelque chose il n'y a pas très longtemps... N'est-ce pas un appareil photographique ?

Ce démarrage me fait bien augurer de la suite. Le vieux a donc de la mémoire, et je ne lui en demande pas plus.

— C'est ça, fait Bérurier : un appareil... C'est à ce sujet qu'on vient, mon pote et moi-même...

Le marchand lâche l'effigie du Gravos pour capter la mienne. Je lui montre mes fafs. Il fronce un tantinet les sourcils parce que, dans son job, on n'aime pas beaucoup les archers.

— N'ayez pas peur, m'empressé-je, nous sommes juste venus vous demander un renseignement...

Je lui produis l'appareil.

— Examinez bien cet engin et tâchez de nous dire qui vous l'a vendu...

Le bonhomme médite un instant. Il ne bigle même pas la boîte à images... n'avions pas besoin de nous farcir le voyage à Riva-Bella pour la récupérer... Il réfléchit sec, non pas pour rappeler ses souvenirs, j'en suis persuadé, mais plutôt pour décider s'il l'ouvre ou non.

Dans ces cas-là, il ne faut jamais faire le méchant, il y a des tempéraments qui ne peuvent se plier...

— Alors, insiste le Gros en se grattant la nuque avec la patte droite de son bestiau.

L'autre a une forte envie de biaiser.

— Vous comprenez, murmure-t-il d'une petite voix qui rappelle un gond de porte mal huilé, j'achète à tellement de gens...

C'est le moment pour le gars bibi d'intervenir.

— Vous achetez à des tas de gens et vous vendez à des tas de gens, cher monsieur. Vous nous avez prouvé, à l'instant, que vous aviez la mémoire de vos clients, je suis persuadé que vous possédez aussi celle de vos fournisseurs...

Ses lèvres minces se pincent. Il ôte ses besicles

et se met à ressembler à un rat myope. Tandis qu'il essuie ses verres, il dit :

— Attendez... Cet appareil... Oui, oui... C'est une femme qui me l'a cédé...

— Une femme, comment ? s'inquiète l'homme à l'écureuil.

Le brocanteur se caresse le menton. Brusquement, mon renifleur se déclenche. En bon poulet, je suis doué d'un sixième sens qui m'avertit lorsque quelque chose ne tourne pas rond. Et c'est le cas en ce moment. Je me dis qu'une solution énergique doit être prise.

— Suivez-nous ! fais-je avec une telle brusquerie que le Gros lui-même en a les éponges paralysées.

Le petit vieux pousse un cri de roquet dont on vient de coincer la queue dans une porte.

— Quoi ?

— Je vous dis de nous suivre, et en vitesse encore ! Vous avez tort de nous prendre pour deux patates... Mon petit bonhomme, l'affaire est mille et une fois plus grave que vous ne la supposez et il se pourrait que ça barde pour vos vieux ans si vous nous collez des bâtons dans les roues...

Il se met à sucrer les fraises, vilain. Il claquerait des dents s'il en avait encore. Mais il ne lui reste que deux molaires tenaces au fond du damier. Avec ça, il peut juste manger des glaces à la vanille et boire des Vérigoudes avec une paille !

— Messieurs ! Je... je ne demande qu'à vous être utile et...

— *O.K !* alors le nom et l'adresse de la souris

qui vous a fourgué cet appareil photo, et que ça saute, sinon vous irez vendre à Fresnes vos candélabres ébréchés, mon vieux !

— Je suis un honnête commerçant ! glapit le monsieur. J'ai fait la guerre... Je... je vote, monsieur !

— Alors votez pour la vérité, et accouchez !

Il rosit.

— Comment voulez-vous que je vous fournisse l'identité de cette femme ? Dans notre métier, on achète à qui vous propose... On...

Je l'interromps du geste et de la voix.

— C'est vrai, pourtant je sais que vous connaissez la personne qui vous a vendu ça...

Là, les mecs, je peux vous dire que j'y vais au culot. Je marche à l'impression personnelle, ce qui est parfois un meilleur carburant que l'essence.

Il se trouble.

— Mais...

Bérurier, qui a flairé enfin du louche, devient mauvais. Et, lorsque cette grosse gonfle tourne au vinaigre, il y a de la perturbation sur le secteur.

Il se saisit d'un vase de Sèvres posé à côté d'un casque de cuirassier et se met à jongler avec, ce qui fait frémir le petit vieux.

— On l'amène à la Grande Caverne ! dit Béru. Je vais y causer de la météo, j'te jure !

Lors, le fossile s'émiette.

— Je crois me souvenir, en effet, du nom de la personne qui m'a cédé l'appareil... C'est une certaine Marthe Bonvin...

Je jubile !

— Marthe Bonvin, dite Martha-vol-au-vent ! Eh bé ! mon cher électeur, vous travaillez avec du beau monde ! C'est plus du commerce que vous faites, mais du recel...

L'édenté se liquéfie. Il dit qu'il a soixante-douze berges, des plaies variqueuses, une femme paralysée et le brevet élémentaire ! Il ignore le *curriculum* de Martha... Il...

— Viens, dis-je au dresseur d'écureuil empaillé, je sais où l'on peut trouver Martha...

Avant de m'éloigner, je cramponne le petit vieux par son cache-nez.

— Si vous commettez l'imprudence de la prévenir de notre visite, menacé-je, je vous donne ma parole de perdreau qu'on vous passera votre petit déjeuner de demain à travers un guichet.

Il fait un signe affirmatif qui amène ses lunettes à la pointe extrême de son nez.

Là-dessus nous partons, bras dessus, bras dessous, avec l'écureuil.

CHAPITRE V

DIPLOMATIE AUTOUR D'UNE VALISE QUI N'EST POURTANT PAS DIPLOMATIQUE

Je n'ai pas menti en disant que je connaissais Marthe Bonvin, dite Martha-vol-au-vent. Lorsque j'étais simple inspecteur, j'ai eu maille à partir avec elle plusieurs fois. Cette digne personne s'était spécialisée dans le vol à la tire. Elle « faisait » les usagers du métro, ou, du moins, leurs poches. Sa station préférée c'était « Sentier », peut-être que le mot évoquait en elle une enfance vagabonde ? Depuis quelques années, elle semble s'être un peu assagie. J'ai eu de ses nouvelles incidemment par un collègue de la mondaine qui a fait une descente récemment dans un petit hôtel des Halles où elle crèche.

L'hôtel de la Coquille et de l'Escargot Réunis.

C'est sur cet établissement d'ultime zone que nous mettons le cap. Il occupe trois étages d'un immeuble étampé avec des madriers, plus ventru que Bérurier, plus noir que le col de sa chemise, plus fétide que son haleine, plus disloqué que son écureuil.

Le taulier n'a plus d'âge, plus d'ambition et un nom réduit au maximum : Dudu ! Il porte une vieille casquette dont il ne se départ jamais et qui nécessiterait l'emploi d'un chalumeau oxhydrique si on tenait absolument à la lui ôter.

Il a un gros nez, des yeux vagues, une moustache commanditée par les cycles La Perle et l'air déprimant de quelqu'un qui n'attend plus qu'une épidémie de choléra pour faire une fin.

Je le connais de vue car ça fait un sacré bout de moment qu'il tient des hôtels craspects et qu'il donne asile aux plus effarants triquards de ce département.

En nous voyant, il lève un sourcil surpris. Non à cause de notre intrusion, mais à la vue de l'écureuil. En général, les « chaussettes à clous » qui lui rendent visite brandissent de préférence un outil à effeuiller les bulletins de naissance.

Sa stupeur est de courte durée. Ce gars-là en a vu tellement au cours de sa vie de cloporte que, si un éléphant rose habillé en mandarin chinois venait lui demander une chambre, il se contenterait de lui filer la clé du 6 parce que c'est sa plus grande carrée !

Il est huit plombes et je sais que Martha-vol-au-vent est en plein sommeil. Elle se poivre régulièrement le naze jusqu'à deux heures du *morning,* la grosse truie, alors elle en écrase jusqu'à midi... Elle aime gratter en début de l'après-midi. Les gens, à cet instant, se débattent avec la digestion et ils sont moins sensibles aux contacts extérieurs.

— On vient voir Martha, fais-je gentiment à cette émanation du néant.

Il fait la moue.

— A ronfle !

— Tant mieux, j'ai toujours rêvé de la regarder dormir. Ça et les chutes du Niagara, c'est mon désir farouche... A quel numéro est-elle ?

— Au 22 !

— C'est pas une piaule, c'est un chemin de ronde, non ?

Je me gondole, comme disent les Vénitiens (1). Et je pousse Bérurier vers l'escalier au tapis crevé. Nous nous encordons, lui, moi et l'écureuil afin d'entreprendre l'une des plus téméraires ascensions du siècle.

Le 22 se situe, vous l'avez deviné, au second étage. Je frappe à la porte de cette chambre, mais ne reçois, en guise de réponse, qu'un ronflement pareil à un coup de frein brutal.

J'essaie d'actionner le loquet et j'ai le plaisir de voir s'ouvrir le battant.

Nous découvrons alors une chambre invraisemblable. Le plancher descend en pente douce jusqu'à une fenêtre aux vitres brisées. Il ne reste que des lambeaux de papier au mur. Le pageot est un tas de ferraille innommable supportant de la literie souillée, déchirée, grise de crasse.

Sur ce monticule repose Martha-vol-au-vent. Imaginez une dame pesant dans les cent dix kilogrammes et ne mesurant pas un mètre cin-

(1) Toujours ce bon vieux sens de l'humour, vous voyez ?

quante. Elle est mafflue, poilue, couperosée, avec les crins coiffés à l'ange, *naturliche,* et des lèvres pareilles à deux limaces en conversation. Elle est presque complètement déloquée, *because* la touffeur de la chambrette. Une vraie nature morte ! C'est pas la turne de Mimi-Pinson, mais celle de Mimi-Pince-Fesses.

Bérurier en laisse choir son écureuil.

— Tu parles d'un strip-tease ! murmure-t-il. Mince de décarpillage, gars !

Cette réflexion, cependant formulée à voix basse, tire la vachasse de son sommeil. Elle délourde ses vasistas et file sur nous un coup de saveur sans joie. Ses gobilles sont voilées par de récentes vapeurs d'alcool. Elle se met à claper de la menteuse et tire sur sa nudité un drap qu'une autre vache refuserait énergiquement comme litière.

Puis elle se file en pétard.

— Messieurs les poulardins qui se rincent les châsses à c't'heure !

— Si t'appelles ça se rincer l'œil, Martha, c'est que tu ne t'es jamais rencontrée en tête à tête avec un miroir... Voile-nous le reste de ta triperie qu'on reprenne un peu goût à la vie !

Elle éructe :

— En v'là des giries ! C'est-y des manières de s'introduire dans les chambres des dames, comme deux malpropres !

Bérurier a une sainte et louable horreur des insultes. Une soudaine crispation de son masque m'annonce du vilain.

Il s'approche du lit, empoigne le bord du matelas à deux pognes et fait basculer le chargement. La môme Martha choit sur les carreaux fêlés avec un bruit de benne basculante déchargeant des gravats. Elle essaie de se dépêtrer de ses couvertures et se dresse, vêtue d'une arachnéenne chemise de nylon transparent.

— Bande de vaches ! hurle-t-elle. Je vous défends de maltraiter une pauvre femme sans défense...

Le gros Béru chope le broc de faïence destiné aux ablutions de la dame et lui propulse le contenu en pleine poire. Martha produit un gargouillis du genre lamentable et se met à pleurer, montrant par là qu'elle est femme malgré tout.

— Ça suffit comme ça, dis-je à mon vaillant coéquipier. Je suis persuadé que notre *pin-up* va nous raconter sa vie...

Je pousse Martha-vol-au-vent vers un fauteuil bancal et elle s'y assoit après avoir raflé au passage une serviette nid d'abeilles pour s'essuyer la ruche.

Elle a cessé de rouscailler. C'est un vieux bourrin de retour. Elle sait pertinemment que lorsque deux huiles de la police emploient des moyens aussi audacieux, c'est qu'ils sont à cran. Et, quand les poulets sont à cran, les caves volent bas.

Martha nous détronche avec un œil mauvais et un œil prudent, ce qui l'afflige d'un passager strabisme divergent.

— Ma chérie, attaqué-je, on est venu te poser

une question. Si tu n'y réponds pas, tu peux faire ta valoche pour un bout de temps car l'État t'offrira un chouette séjour dans une pension de famille réputée...

Elle devient soucieuse et ne pense plus à son ressentiment.

— Qu'est-ce que c'est encore ? grommelle la donzelle.

J'extrais de ma poche l'appareil photographique.

— Où as-tu piqué ça, Martha ?

Sa réponse est un cri d'autodéfense.

— Jamais vu ça...

Bérurier va pour lui assener une mandale, mais je lui retiens la manche.

— Écoute, Martha, tu ne vas pas nous jouer l'acte trois de « Vierge et Grand-Mère », c'est pas dans tes emplois. Je te le dis tout de suite, je me fous que tu aies griffé ce machin-là, mon turbin ne consiste pas à te le reprocher... Seulement, il faut absolument que nous en retrouvions le proprio, tu piges ?

Ça la rassure un peu.

Elle me regarde pour s'assurer que je ne bluffe pas. Mon expression doit lui fournir la garantie voulue car elle hausse les épaules.

— Il m'en est arrivé une bonne, fit-elle, radieuse.

— Raconte !

— Figurez-vous que je m'ai gouré de valoche à la gare de l'Est, un jour...

— Ce que t'es distraite, Martha !

— Parole! dit-elle. Je ligotais le tableau des départs. J'avais posé ma valoche à côté de moi... Et puis, quand je l'ai reprise, je m'ai trompée, quoi! C'est idiot, mais c'est commak...

— Et y avait quoi dans ta valoche? interroge Béru.

— Mon porte-monnaie, mes bijoux...

J'interviens :

— Ça n'est pas ta valise qui m'intéresse, Martha... C'est l'autre. Voudrais-tu me dire s'il y avait cet appareil dedans?

— Tout juste, Auguste! répond-elle, ravie de voir que son historiette nous satisfait.

— Et alors, pour te dédommager de la perte importante que tu as subie, tu t'es dégrouillée de brader le contenu de l'autre valoche, hein?

— Voilà...

La chambre pue la crasse, la sueur, l'alcool... Dans l'immeuble, des couples ravagent les sommiers à la brutale.

Je pose un pied sur l'accoudoir du fauteuil. La gravosse retire vivement son bras.

— Si on laissait tomber la poésie, dis-je?

— Comment?

— Moule-nous avec ta pudeur, Martha... Je le sais que ton histoire de confusion de valise est mauvaise.

Saisi d'une idée subite, je vais ouvrir la porte du placard mural qui supplée à l'absence de la classique armoire d'hôtel...

Je n'ai pas à inventorier longtemps. Écartant

quelques hardes accrochées à des pitons, j'ai tôt fait de découvrir une valise-piège.

Vous connaissez le coup. On a dû vous le montrer au cinoche...

Il s'agit d'une valise bidon. Elle n'a pas de fond et elle est vide. Deux lames de ressorts sont fixées contre les parois à l'intérieur. Avec cet appareil, on peut cravater les valises plus petites. Il suffit de poser celle-ci par-dessus celles dont les propriétaires ont le dos tourné... C'est astucieux, propre et sans bavure...

Elle ne cherche plus à ergoter.

— C'est pour aller à la pêche, ce machin-là, Martha ?...

— Oh ! bon, ça va, dit-elle. Oui, je fais quéquefois *les gares*...

— Je t'en veux pas, affirmé-je, je sais que la vie est dure pour ceux qui n'ont plus leurs parents... Faut bien que tu croques...

— D'autant, renchérit Bérurier, qu'avec la g... qu'elle a, elle peut même pas faire le trottoir !

Elle le foudroie du regard.

— Voyons, Béru, fais-je, sévère, sois galant avec les dames du beau sexe.

Et puis, soudain, le vertigo me chope. J'en ai classe de toutes ces salades, de ces préambules...

— A qui as-tu fauché la valise contenant cet appareil, Martha ?...

— J'en sais rien...

— Décris-nous ta victime... Je te garantis que tu n'entendras plus parler de l'historiette et que ça restera entre nous !

— Mais, enfin, pourquoi, diantre !...

— Cherche pas à comprendre. Tout ce que je peux te dire, c'est que c'est grave !

— Voyez-vous !

— Il était comment, le type à qui tu as volé la valise ? Tu préfères peut-être que nous discutions de ça chez Plumeau ? Si tu veux, on y va ?

Ça lui colle le tracsir.

— Mais non, pas la peine, fait la grosse morue. Bon, puisque vous y tenez tellement, c'était une jeune femme... habillée de noir... Blonde, jolie... Elle attendait le dur pour Strasbourg... C'était sur le quai. Elle a voulu se filer du rouge à lèvres... J'en ai profité, voilà...

— Qu'as-tu fait de la valise fauchée ?

— Ben... je l'ai fourguée ! Je suis pas collectionneuse !

— Et qu'y avait-il dedans ?

— Pff... De la lingerie de femme, une trousse de toilette, des babioles ...

— Tu n'as rien gardé ?

— Non, rien...

— Tu as bradé le tout au vieux mironton des Puces ?

— Ouais !

— Rappelle-toi, Barbara, il n'y avait pas de nom sur cette valise, pas d'initiales ?

— Que dalle !

— Et à l'intérieur ? Dis, n'existait-il pas un indice quelconque, permettant de se faire une idée de sa propriétaire ?

Elle réfléchit.

— Non.

Bérurier pose son écureuil sur la table de chevet et s'avance, très déterminé ? Je les laisse s'expliquer. Entre obèses, on se comprend mieux !

Il est terrible, le Gros, quand il joue les bulldozers enragés.

— Je peux pas piffer les morues comme toi quand elles font leurs crâneuses, affirme-t-il. J'ai envie de les mettre au pas, c'est plus fort que moi !

Il chope Martha par la tignasse et lui administre une baffe qui lui fait trembler les bajoues. La grosse se met à braire ; ses cris d'orfèvre stoppent net les bruits de sommiers de l'hôtel.

— Pousse pas ton contre-*ut,* grince Béru, tu vas te faire sauter les amygdales...

Martha, c'est pas le genre de tas de viande à servir de *punching-ball* sans râler. Elle regimbe.

— Nom de Dieu..., hurle-t-elle, vous commencez à me courir, tous les deux, avec vos questions insistantes ! Je vous l'ai cassée mon histoire, alors ça va, hein ? Si vous en voulez encore, allez acheter *Paris-Match,* moi, j'ai plus rien à bonnir ! Je préfère que vous me colliez au placard, j'y suis t'été déjà... Je préfère la frite des rats à la vôtre ! Si vous me touchez encore j'hurle, et quand j'hurle on peut se fourrer de l'hydrophile dans les étagères à mégots, parole !

Pour prouver qu'elle ne bluffe pas, la voilà qui se met à pousser une clameur à côté de laquelle un exercice d'alerte ressemble à un murmure de source...

Béru s'apprête à lui casser le broc de faïence vide sur la coupole, je le retiens...

— Laisse-la piquer sa crise, Gros, et viens, je pense à quelque chose...

Il cramponne son écureuil par une patte et nous voilà barrés. Dans l'escadrin, nous croisons Dudu qui s'amène aux nouvelles. De sa voix neutre, il questionne :

— Et alors, vous la dépecez ou quoi ?

— Y a de ça, admets-je. Si jamais on y parvient, tu parles d'une toile de tente !

***

— Tu crois qu'elle nous a vidé son sac ? demande Béru.

— Ça ne fait pas de doute, lui dis-je. Elle a ratissé la valise dans les conditions décrites par elle. Elle l'a rapidement inventoriée, puis elle est allée fourguer le blaud au zigoto des Puces. Elle doit en secouer tellement qu'elle ne se rappelle plus très bien ce que contenait ce bagage... C'est au vieux mironton qu'on va demander un supplément d'information. J'ai idée que cet honnête receleur en sait plus long qu'il n'en a dit...

Peu contrariant, Bérurier hoche la tête.

— Qu'est-ce que je pourrais lui mettre autour de la queue ? demande-t-il.

Je sursaute.

— Hein ?

Il brandit son écureuil

— Mords la came, San-A. Il a la couette qui se barre, le pauvre chéri...

Je ricane.

— Ce que tu es bonnard pour les animaux. Même empaillés faut que tu les dorlotes...

— J'ai toujours eu un faible pour les écureuils, avoue-t-il. Quand j'étais mouflet, à la cambrousse, on en attrapait et on les mettait dans une cage ronde... Ils tournaient pendant des jours... après on les bouffait. Tu peux pas savoir ce que la chair est délicate...

— Je reconnais là ta profonde sensibilité, Béru. Tu as une âme d'artiste, faut te secouer...

Béru est ému. Il essuie une humidité imaginaire dans ses yeux.

— Que veux-tu, murmure-t-il, on ne se refait pas !

CHAPITRE VI

DIS-MOI TOUT!

Lorsque nous parvenons sur l'emplacement occupé par le vieux marchand d'ordures, nous ne trouvons que le vide. Mettant à profit notre heure d'absence, il a ramassé son concentré de poubelles et a fichu le camp.

Cette fuite rapide fortifie ma certitude concernant une certaine culpabilité du mironton.

Pour qu'il ait mis les adjas avec tant de précipitation, il faut qu'il ait le trouillomètre perturbé. S'il a peur, c'est qu'il a quelque chose à se reprocher : C.Q.F.D.

— Nous devons lui mettre la main dessus presto, dis-je à Bérurier. Il faut questionner ses collègues pour obtenir son adresse dare-dare.

Nous voilà en chasse... Nous interviewons tous les pignoufes d'alentour et c'est le sidi à l'écureuil qui nous rancarde. Un jour, il a donné un coup de paluche au vieux pour l'aider à coltiner une collection de la *Revue des Deux Mondes* reliée chagrin.

Il pioge rue de Lappe, au fond d'une cour… Le crouille ignore le numéro, mais précise que c'est à côté d'un marchand de meubles pour cafés.

Nous décarrons en voltige.

Maintenant, Paris est en plein boum. Il fait un temps honnête, du genre faibles ondées le matin, mais avec la promesse de beau temps pour l'après-midi si l'anticyclone en provenance des Açores ne s'amuse pas en route.

Je coupe par Barbès, je vais rejoindre la Bastille dont le génie semble se plaindre d'une mauvaise crampe consécutive à sa fausse position, et, enfin, c'est la rue de Lappe, avec ses bals, ses petites boutiques et son atmosphère de province encanaillée.

La première personne que nous apercevons, par un heureux hasard, c'est précisément notre homme. Il est attelé dans les brancards d'une voiture à bras et il s'évertue à faire passer son chargement de détritus par un porche assez étroit.

— Le v'là ! mugit le Gros.

— J'avais remarqué, dis-je.

Et je range ma pompe en bordure du trottoir. Lorsque nous en descendons, le brocanteur a réussi à passer. Nous lui emboîtons le pas.

La cour où il a son capharnaüm est une cour des miracles. Imaginez de petites constructions lépreuses, noires, aux vitres brisées. C'est obscur, fétide… Il y a des mômes cradingues qui jouent, des types soûls qui gueulent, des femmes pas peignées qui chialent… Et par-dessus le toutim,

« Europe 1 » qui nous file du Trio Raisner comme s'il en pleuvait.

Les closets sont collectifs, dans cette cour des miracles. Justement un gros type en sort en remontant son grimpant. Notez que ça fait plus intime...

Le père la brocante stoppe son attelage sous un maigre hangar couvert de carton goudronné. Il ouvre une porte basse et crie :

— C'est moi.

Une voix de femme geignarde s'exclame :

— Déjà !

— Oui, fait-il, j'ai ma crise de rhumatisme qui commence...

La voix off se lamente, comme quoi la vie est déjà compliquée quand on travaille, et ceci et cela...

C'est l'instant que nous choisissons pour intervenir.

Nous filons les panards dans une cahute infâme... Elle se compose d'une pièce coupée en deux par un galandage. La première sert de cuisine, l'autre de chambre.

— Coucou ! lancé-je joyeusement.

Le vieux fait un saut de côté. Il nous voit et son regard devient aussi inexpressif que celui d'un adjudant-chef décoré sur l'Esplanade des Invalides.

— Vous ! murmure-t-il.

Je ne sais pas ce qu'il pensait de la rousse, le fossile, en tout cas rien de bon pour se croire à l'abri de nos visites .

— Qu'est-ce que c'est ? gronde la mégère d'à côté.

Un drôle de père fouettard, sa bergère. Ça se comprend à l'intonation. C'est le genre de nana-malade qui en fait baver de sévères à son camarade de vie avant de canner.

Sûrement que ça ne va plus tarder, le Grand Départ. Alors elle met le pacson, cette peau ! Elle sait bien que les bonnes femmes clabotent longtemps après leurs Jules d'ordinaire. Cette entorse aux convenances, elle la fait casquer chérot au marchand de déchets.

— Qu'est-ce que c'est, Émile ? glapit l'ogresse sur un ton qui n'admet pas de réticences.

Le vieux est éperdu. Il nous regarde d'un œil implorant et met un doigt sur sa bouche pour nous demander de ne pas révéler nos professions.

— C'est des clients, Germaine... Je vais m'occuper d'eux...

Se tournant vers nous avec un air entendu, il dit :

— Messieurs, si vous voulez bien me suivre à la réserve...

Bérurier me pousse du coude.

— J'ai idée qu'on a mis dans le mille en venant ici, fait-il. Il a tellement la pétoche de son os qu'il dira ce qu'on voudra !

Le vieux nous entraîne sous le hangar où il a remisé sa voiture à bras.

Il tremble comme s'il venait de passer le week-end dans la chambre froide d'un louchébem.

Chose curieuse, ils nous fait des reproches ;

ainsi les faibles ont-ils de ces réactions imprévisibles.

— Pourquoi êtes-vous venus ici ? dit-il.

Probable qu'il devait se croire tabou dans son piège à rats.

Je le pousse contre la roue de sa charrette.

— Parce que vous ne nous avez pas dit la vérité, mon cher monsieur.

— Mais...

— Inutile de bêler...

Il regarde Bérurier qui fut son client avant de devenir son tourmenteur et l'implore du regard. Mais il aurait meilleur compte d'attendrir un tigre affamé en lui jouant du Mozart à la clarinette baveuse.

— Si vous ne déballez pas tout le paquet immédiatement, fais-je, je vous arrête pour recel devant votre digne épouse.

Il porte la main à son cœur, comme on le fait au Théâtre français pour montrer combien on est emmouscaillé.

— Vous allez nous tuer...

— Dégrouillez-vous de parler, mon vieux, nous avons perdu assez de temps comme ça...

Il respire profondément. Un grand calme inonde son visage, car il vient de prendre le parti de dire la vérité.

— Eh bien ! voilà, commence-t-il. Marthe Bonvin m'a amené un jour une valise.

— Parlez-nous un peu de ce bagage.

— C'était une valise en porc.

— Elle contenait ?

Il réfléchit.

— Eh bien !... Cet appareil photographique...

— Et puis ?

— Une trousse de toilette...

— Ensuite ? Allez, déballez, mon petit père, ou on va prendre les forceps.

— Il y avait aussi une trousse médicale...

Là, nous entrons dans du détail captivant.

— Qu'appelez-vous une trousse médicale ?

— Enfin, dans une pochette en matière plastique, il y avait une seringue de Pravaz avec des aiguilles... Un stéthoscope... Un thermomètre...

— Ah ! Bon, et puis ?

— A part ça, de la lingerie féminine : combinaisons, slips, corsage... C'est tout !

Il se tait, troublé, et me fixe avec des châsses qui attendriraient un tomberau de cailloux.

La voix de la vioque jaillit du trou.

— Émile ! Tu en as pour longtemps ? Pourquoi ne venez-vous pas discuter ici ?

Le pauvre gars s'avance vers la lourde.

— Je... je montre des choses à ces messieurs, Germaine...

Elle rouscaille encore et profère des choses peu amènes sur les clients qui viennent vous relancer à domicile.

— Voilà, murmure le vieil homme.

Je lui mets mes deux mains sur les épaules et je plante mon regard en acier bleui droit dans les carreaux.

— Ça n'est pas tout, mon vieux, vous oubliez le meilleur...

— Qu... quoi ?

Je laisse aller mon inspiration. Je sais qu'elle va à la rencontre de la vérité.

— Voulez-vous que je vous dise ce que vous nous cachez, mon petit père Laconique ?

Il n'a plus la force d'émettre un son.

Béru me regarde avec attention, le bada rejeté derrière la citrouille.

— Les gens à qui on a chouravé la valtouze sont allés aux Puces dans l'espoir de la retrouver... Ils savent, comme tout un chacun, que la plupart des objets volés échouent là-haut... Ils ont inventorié le marka et ont fini par vous sauter sur le poil... Ils vous ont cramponné par la cravate en vous disant votre : « Qu'est-ce que Dieu ? » Vous avez restitué la valise, les trousses, la lingerie... Mais pas l'appareil que vous veniez de brader à cet inestimable individu que voici !

Béru produit un bruit nasal et réprobateur. Il fait un pas en avant.

— Or, poursuis-je, c'était précisément l'appareil photographique qui intéressait ces gens. Ils vous ont interviewé... Vous leur avez fourni moult détails, ça n'était pas duraille car mon pote est bavard comme douze perroquets dans un salon d'attente !

— Je t'en prie ! proteste Béru.

La vieille de la cambuse remet ça depuis sa couche de douleurs.

— Émile ! Viens ici tout de suite, je veux te parler...

Je me tourne vers le Gros.

— Va dire à cette vieille saucisse qu'elle nous foute la paix...

Mais Béru n'a pas à se déranger car la vioque a entendu mes paroles. La v'là qui meugle tout ce qu'elle peut.

Béru va fermer la porte et nous reprenons l'entretien.

— En vous achetant l'appareil photo, mon ami vous a raconté sa vie. Il aime ça... Il a la vie la plus morne qui soit, mais il croit qu'elle devient dorée lorsqu'il la déverse dans les tympans d'autrui.

— Tu vas mal, renaude Béru... Alors là, tu vas mal...

Je ne tiens pas compte de ses protestations faiblardes.

— Il vous a dit que cet appareil était destiné à son valeureux neveu qui se mariait. Il vous a dit que le neveu en question avait fait de la boxe et vous a demandé si vous le connaissiez : Bérurier ! Poids coq...

— Moyen ! proteste Bérurier.

— Très moyen, rectifié-je. Oui, il vous a dit tout ça en marchandant, n'est-ce pas, monsieur Émile ?

L'autre est abasourdi.

— Mais oui, fait-il, ça s'est bien passé comme vous dites... Il n'y avait pas une heure que j'avais vendu l'appareil lorsque cet homme est arrivé...

— Un homme avec un pardessus brun, un chapeau noir et des paupières bombées comme des coquilles de noix ?

— Mais oui... Comment, diantre ! Vous êtes le diable pour savoir tout cela !

— Non, simplement un flic qui connaît son boulot...

Bérurier aussi est sidéré. Pourtant, il a l'habitude de mes déductions pertinentes. Il a passé la main dans l'ouverture de devant de son bénard et il gratte les miettes de pain prisonnières de son système pileux.

— Y a pas, souligne-t-il, t'es pas empêché de la pensarde !

Je m'essuie le front. Un gros effort mental a toujours pour conséquence une forte sudation, chez moi du moins.

Je dis au vieux :

— A vous de jouer, maintenant. Parlez-moi de l'homme...

Le père la brocante y va carrément.

— Il a examiné les éventaires de mes voisins, puis le mien. J'avais cédé la lingerie à un collègue, car ça n'est pas mon rayon... Quant à la trousse médicale, je l'ai gardée... J'avais donc mis en vente la valise et la trousse de toilette. Il est tombé en arrêt devant. Il m'a alors pris entre quatre yeux. Il avait un revolver et me l'a montré en me disant que si je ne lui remettais pas l'appareil photographique *illico,* il me descendait comme un chien...

— C'est un impulsif, décidément, murmure le Gros.

Je lui enjoins de la boucler à double tour.

— J'ai pris peur, poursuit le vieux. Je lui ai dit

que j'avais vendu un instant auparavant l'appareil. J'ai cru qu'il me bouffait. Il m'a demandé à qui… Alors je lui ai donné, en effet, tous les détails que m'avait fournis monsieur…

Je secoue la tête.

— Bérurier, boxeur… Tu parles, il n'a eu qu'à courir dans les salles d'entraînement pour trouver l'adresse. Il a dû assister à la noce, ce mec, sans que tu ne te doutes de rien, hé ! enflure ! Ah ! on peut dire que tu es un malin, toi, mon gars ! Dans ton genre, on ne peut trouver mieux…

— Il n'a pu évidemment cambrioler la maison le jour de la noce. Conclusion : il a suivi les amoureux à Riva-Bella, attendant la belle occase… Elle a un peu tardé. En cours de route, ton neveu n'a pas dû quitter son compartiment, trop occupé qu'il était à brouter le mufle de sa jeune femme. Un boxeur, tu parles, le gars n'a pas osé employer la force. Il est descendu à l'hôtel *Mes Délices*. Manque de bol, les petits, qui avaient le pétrousquin survolté, ont couru se barricader dans leur piaule pour jouer papa-maman ! Il devait patienter. Nous sommes arrivés sur ces entrefaites… Il nous a vus repartir avec l'appareil, nous a suivis… Et voilà le turbin ! Maintenant, ils savent que nous sommes au courant pour la photo du mort…

Bérurier hoche la tête.

— Oui, dit-il, tout à dû se passer comme ça…

Un fantôme apparaît derrière la porte vitrée du logement. Vision dantesque s'il en est… C'est une vieille femme jaune comme un coing, maigre comme une arête de sole, le cheveu défait, l'œil charbonneux, la bouche en coup de serpe.

Elle frappe à la vitre pour attirer notre attention.

— Germaine ! balbutie le vieux.

Elle a un geste impératif pour lui ordonner de rentrer. Il nous regarde.

— Messieurs, murmure-t-il, je vous en supplie, ne dites rien... L'homme m'a juré que si je parlais il viendrait me descendre...

Il louche vers la porte où la femme cogne plus impérieusement.

— Vous cassez pas le bol, mon petit père, promets-je. Et allez filer un peu de mort-aux-rats à cette emmerdeuse.

Nous le regardons entrer chez lui, le dos courbé par l'âge, le malheur et la culpabilité.

— Ce type-là, murmure Bérurier, dans le fond, c'est une pauv'cloche !

— C'est pis, rectifié-je. C'est un martyr...

Nous sortons de la cour.

— On pourrait boire un petit gorgeon de blanc ? suggère Bérurier. Toutes ces vieilleries m'ont donné soif.

— C'est faisable, gars...

Justement, à proximité du porche moussu se tient un petit troquet de bougnat. On y vend du fromage d'Auvergne et du Brouilly de la bonne année.

Béru demande un casse-vin et du blanc.

— Que penses-tu de ça ? s'informe-t-il.

— L'affaire est plus sérieuse qu'on ne l'imaginait.

— Je te parle du fromage ! dit-il.

— Il est comme toi, fais-je. Il est trop fait...

Le Gros hausse les épaules et se met à mastiquer fortement en poussant les bouchées qu'il engloutit avec de grosses rasades de blanc.

— C'est curieux, hein ? demande-t-il en reposant son verre.

— Très, lui dis-je. Il est fruité et a un petit goût de...

— Je te parle pas du picrate ! Je te parle de l'affaire... Tu parles d'un écheveau ! Qu'est-ce que tu vas ficher ?

— Ferme ça, je pense...

Il en profite pour finir le fromagat et faire renouveler les consos.

— Écoute, Gros, tu vas aller dire au Vieux que nous sommes sur un coup bizarre. Tu lui demanderas si tu peux t'en occuper avec moi. Je retourne à Riva-Bella. L'homme aux coquilles proéminentes a certainement passé la nuit à l'hôtel s'il a suivi ton neveu... Peut-être y trouverai-je un indice quelconque ?

— Pourquoi pas ?

— Pendant ce temps, tu vas enquêter dans les milieux médicaux avec la photo du mort...

On ne sait jamais...

— D'accord...

Nous partons.

Je laisse Béru près de la maison pébroque. Au

moment où il descend de la tire, le Gros pousse un barrissement :

— M... !

— Qu'est-ce qui t'arrive, bonhomme ?

— J'ai oublié mon écureuil chez le brocanteur !

DEUXIÈME PARTIE

CHAPITRE VII

LE JOUR SE LÈVE SUR MES CELLULES GRISES

Les Bérurier juniors sont en train de faire un billard japonais lorsque j'annonce à nouveau ma géographie dans la strasse.

C'était un médiocre boxeur, le neveu du Gros, mais faut reconnaître que pour ce qui est du coup de queue, il est champion. Il rentre ses boules les unes après les autres dans l'orifice qui lui est attribué et sa portion est folle d'extase. Elle se rend compte qu'elle a épousé le superman qu'elle attendait. Le hasard lui a décerné la vache décoration, celle qui bat toutes les autres : un mec à la hauteur.

C'est une délectation, pour cette gentille petite brunette, que d'être travaillée au paddock pendant trente-six heures d'horloge et au billard japonais pendant trois jours par son jeune mari. Elle y croit à l'arc-en-ciel, la souris. En technicolor qu'il est.

Elle vit la grande féerie… Et puis, petit à petit, ça se tassera. Le Béru *bis* va reprendre le charbon.

Et ça sera les soirées maussades, les fins de mois pénibles... Y aura les chiares consécutifs aux parties de Tumeveuxtum'as, les chiares bien bouclés, bien cradingues, avec leurs rougeoles, leurs caprices et les pieds de nez à la tante Adèle !

Ils moulent le tapis vert hérissé de champignons de bois pour se catapulter sur mézigue.

— Alors, quoi de neuf ? s'inquiète le neveu ?

Il a le visage ravagé par l'amour ; les yeux qui lui pendent sur les joues et en dessous desdits carreaux des poches qui pourraient lui servir à faire la contrebande du tabac.

Une fois encore, il faut rassurer cette jeunesse frémissante.

— Je suis venu vous rapporter votre appareil, dis-je avec cette impudence qui contribue tant à mon charme.

La jeune femme n'en revient pas.

— Vous vous êtes dérangé spécialement pour ça ?

— Je craignais que vous en ayez besoin !

Le neveu me propose la tortore. Justement le gargotier sonne le repas. Il n'y a que les deux tourtereaux dans l'hôtel, mais le gars se donne l'illusion de gérer le Ritz.

J'accepte de bon cœur.

Nous voici attablés devant des crudités de saison qui se trouvent être ce jour-là des asperges en conserve.

— Vous êtes les seuls pensionnaires ? m'inquiété-je.

— Oui.

— Tiens, j'avais cru remarquer quelqu'un hier... Un grand type maigre avec des paupières tombantes.

C'est la nouvelle Mme Bérurier qui parle en premier.

— Oui, je vois... Ça n'était qu'un client de passage. Tu te souviens, chéri, nous avons voyagé ensemble... Même qu'il voulait à toute force nous porter notre valise en sortant de la gare...

Le Casanova des pauvres hoche la tête et trempe son asperge dans une sauce vinaigrette qui va le stimuler.

— Mouais, fait-il.

— Vous ne savez pas s'il a couché ici ?

Ils l'ignorent, eux, n'est-ce pas, ils se sont dégrouillés de grimper l'escadrin. Ils avaient un boulot urgent à faire... Y avait de la haute tension dans la corde à nœuds !

Je fais un signe crocheteur au taulier. Il annonce sa petite tête d'oiseau déplumé. Je lui décris mon matraqueur et il me dit qu'en effet le quidam a passé la nuictée dans sa cambuse.

— Comment s'appelait-il ? fais-je. Vous devez avoir sa fiche ?

L'autre se trouble. Je vous parie un mois de trente et un jours contre dix minutes d'entracte qu'il ne lui a pas fait remplir de fiche.

Il me l'avoue, du reste, en toute simplicité.

— Vous comprenez, dit-il, c'est la morte, alors on est moins à cheval sur le règlement.

— C'est dommage, riposté-je d'un ton glacé.

Nous avons de bonnes raisons pour nous intéresser à cet individu...

L'autre devient d'un beau rouge écrevisse cuite.

— Je regrette !

— C'est regrettable, en effet.

— Tout ce que je peux vous dire, c'est qu'il n'était pas français, déclare la petite Bérurier qui paraît un peu moins idiote que son conjoint.

— En effet, renchérit le taulier, il avait un accent épouvantable et parlait très mal notre langue...

— Quel genre d'accent ?

— Plutôt Europe Centrale.

— Il avait des valises ?

— Non... Il les avait laissées à Caen, à la consigne, m'a-t-il expliqué.

— C'est pas vrai, affirme Béru junior, il ne possédait aucun bagage... Je le sais bien, vu qu'il se trouvait dans notre compartiment.

— Vous êtes arrivés ici dimanche soir ?

— Oui, tard...

— Comment êtes-vous venus de Caen ici ?

— Mais... Par le car...

— Oui, coupe l'hôtelier qui cherche à rebecter son standing auprès de moi. Il y en a toutes les deux heures en cette saison, l'été...

Je me livre à un raisonnement élémentaire mais qui me fait avancer d'un grand pas. Si je n'avais pas besoin de mes nougats pour arquer, parole, je m'en flanquerais un dans les fesses pour me punir de ne pas avoir gambergé à ça plus tôt.

Pigez bien le numéro de trapèze, les mecs. Avec le Gros, nous avons fait icigo une visite-éclair. Rien ne pouvait laisser prévoir à notre ami « Grosses paupières » que nous ferions halte dans une petite rue de Caen pour y jaffer des entrailles d'animaux... Donc, pour qu'il nous ait trouvés tout de suite, il a fallu qu'il nous file le train. Ceci est un point important à établir. Ce gars, les enfants Béru me l'ont appris, a voyagé par le train. Il a pris le car en leur compagnie, et pour cause, puisqu'il les filait...

Je regarde l'aubergiste.

— Il y a des taxis en vigueur à cette saison ?

— Oui, le mien...

— Mais à part ça ?

— A part ça, les gens doivent se contenter de l'autobus...

— Bon, ne bougez pas... Le client étranger est parti comment de chez vous ?

Il sursaute car ma question le surprend. Il n'avait pas pensé à ça...

— Tiens, au fait, il est parti tandis que nous buvions un petit coup avec Bérurier... Il avait payé sa chambre d'avance... Je n'ai pas attaché d'importance à la chose...

— Où se trouvait-il lorsque nous sommes venus ?

— Dans sa chambre...

— C'est-à-dire où, par rapport à celle de ces enfants ?

— En face...

— Il en est donc descendu tandis que nous consommions au bar ?

— Eh oui !

Je vois comment ça s'est passé. Grosses paupières était à l'affût, prêt à chouraver l'appareil à la première occase. Il nous a vu sortir avec l'instrument et il a pigé que nous l'emmenions... Il lui fallait agir prompto s'il voulait le récupérer... Il est parti et il est allé nous guetter quelque part, dans les environs immédiats. Ensuite, il nous a...

Je me lève, toute asperge cessante.

— *Il nous a suivis !* comprenez-vous, bande de tordus ?

SUIVIS !

Pour cela, il lui a fallu une bagnole car il ne pouvait le faire en autobus... S'il avait une auto, c'est que quelqu'un la lui a amenée ici et si quelqu'un lui a amené une calèche, il a dû téléphoner à ce quelqu'un pour lui dire où il se trouvait, puisqu'il ignorait, en suivant les jeunes mariés, où ceux-ci se rendaient !

— Dites-moi, le gars en question n'a pas téléphoné pendant le temps qu'il est resté ici ?

— Mais si !

Je respire !

« Merci, mon Dieu ! Un coup de bigophone, c'est une piste... C'est un fil conducteur, soit dit sans jeu de mots. »

— Quel numéro a-t-il demandé ?

Le taulier fait la moue.

— Ça... Vous savez, moi, la mémoire... Attendez, je vais regarder dans la cabine car ordinairement je note le numéro demandé par le client...

Il s'éloigne prestement. Pendant ce temps, les amoureux s'empiffrent de la sole à la crème. Ils se refont des calories, ces chéris, pour pouvoir vite rejouer au bilboquet à moustaches. Et ils ont raison. L'amour, c'est ce qu'on a trouvé de mieux pour permettre aux individus d'oublier leurs percepteurs, leurs députés et autres fléaux. C'est un sport simple, pratique, élégant, qui se répand de plus en plus et qu'on commence à pratiquer même dans les milieux bien-pensants.

Il ne nécessite pas un équipement trop coûteux, est accessible à toutes les bourses et calme les nerfs. (Il ne met en boule que ceux qui ne savent pas le pratiquer.) C'est le seul sport auquel on peut s'adonner sur tous terrains. Il est de plus international et dure longtemps pour les gens qui ont une certaine retenue.

Le patron de *Mes Délices* revient, radieux comme une journée d'été peinte par Van Gogh. Il a un sourire qui lui fend la poire d'une étiquette à l'autre et il brandit une étiquette de boîte de petits pois sur l'envers de laquelle est inscrit un numéro de téléphone.

Sa joie est totale. Il aurait découvert un gisement d'uranium dans son jardin et un de pétrole sur son évier qu'il ne serait pas plus enthousiaste.

— Voilà ! crie-t-il. Voilà...

Il me tend son graffiti. Je le déchiffre : Balzac 05-07...

— Voilà un bon point pour vous, dis-je à l'homme rayonnant.

Je glisse l'étiquette de petits pois dans ma profonde. Le taulier me dit que je peux profiter de l'occase pour retenir la marque, ce sont des conserves de première bourre ! A signaler à Félicie !

— Vous ne mangez pas ? s'inquiète le neveu Bérurier qui vient de vider la poivrière sur ce qui lui reste de sole.

Je rigole.

— Monsieur a des projets ? fais-je en montrant le poivre.

La petite mariée rosit. L'autre tordu avale son aphrodisiaque sans moufter. Avec son naze en pied de marmite et ses portugaises en chou-fleur, il ressemble à un accident de motocyclette.

J'ai la dent et je consomme en quatrième le poisson en train de refroidir dans mon assiette.

Cette fois, je tiens le bon bout. Dans ce métier à la mords-moi-le-neutre, ce qui compte c'est d'arriver à prendre le départ... Une enquête, c'est comme un voyage en avion : ce qui compte, c'est le décollage et l'atterrissage.

Maintenant, j'ai un indice... Je vais pouvoir partir sur une base solide. Plus le temps passe, plus l'image de ce mort me hante. Je ne sais pas pourquoi, j'ai l'impression qu'il m'appelle...

Le taulier met sa boutanche de Mercurey. Une splendeur ! On a l'impression de boire la Bourgogne un jour qu'il fait beau. Le picrate me file de la surcharge dans les cellules grises. Je torche délicatement ma bouche ourlée de crème.

— Dites donc, fais-je à mon hôte, le copain aux paupières tombantes a dû recevoir une visite hier matin, non ?

Il secoue la tête.

— Non...

Je n'insiste pas. Pourtant ce point me chiffonne car, enfin, s'il nous a suivis dans un bahut qu'on lui a amené, son complice devait se trouver dans le patelin... A moins qu'il n'ait seulement déposé la guinde et ne soit reparti avec l'autobus, ce qui est improbable...

— Il y a d'autres hôtels ouverts dans le pays ?

— En face : *La perruche dorée...* Mais c'est une gargote ! Vous pensez, le patron est un ancien tenancier de maison close. Et il s'est mis dans le crâne d'être son propre chef.

— En effet, admets-je, au menu ça doit être « poule sur canapé », « langue fourrée » et « délices maison ».

J'achève de briffer, je souhaite bon pucier aux deux petits champions de la brouette bretonne qui louchent sur l'escalier et je traverse la *street* pour interviewer l'ancien marchand d'amour.

Le gars se tient dans l'encadrement de sa lourde. C'est un mastar de deux cents livres qui a l'air aussi aimable qu'une mitrailleuse jumelée. Son antipathie à mon égard confine à la répulsion. Vraisemblablement, il pardonne difficilement à ses contemporains d'aller chez le concurrent d'en face.

Il me voit traverser la chaussée et s'efface pour me laisser entrer.

Il est gros, blond, avec une tignasse hirsute et des bajoues qui tremblotent de chaque côté de sa frime comme les fesses d'une sexagénaire.

Il me file un méchant coup de périscope et interroge, d'un ton qui épouvanterait un crocodile :

— C'que c'est ?

Avec ce genre de tordu c'est pas la peine d'envoyer une gerbe de roses pour s'annoncer. J'y vais de mon petit électrochoc portable : ma carte de matuche.

Il en a vu défiler tellement sous son nez, le gars, au cours de sa carrière de marchand de peaux qu'il n'a pas même un soubresaut.

— Et alors, quoi ? fait-il, bougon, mais d'une voix cependant radoucie, qu'est-ce qui se passe encore ? Merde ! J'ai pris mes invalides et v'là encore la rousse qui débarque !

— La Normandie incite au débarquement, rigolé-je...

— Où ce qui faut se carrer pour avoir la paix, soupire cet inestimable commerçant. On dit que la France c'est le patelin de la liberté, tu parles, Charles ! A chaque pas, tu butes dans un monsieur qui te fait tartir avec la loi... Ou bien c'est le fisc qui se la ramène avec son tronc des grands jours ; ou alors les messieurs déguisés en veuves de guerre qui ramassent pour le denier du culte ! Pas moyen d'être peinard...

J'essaie d'interrompre ce procès de la civilisation, mais, avec Totor les Grosses mécaniques, c'est macache ! Il ne m'accorde pas la plus petite suspension d'audience. Le temps d'avaler un peu d'air et il me file la suite de son 45 tours !

— J'avais une maison qui marchait bien, poursuit-il avec force, la gorge bruissante de trémolos émus. Je n'employais que des Françaises, je tiens à le préciser... Chez moi c'était cordial, propre, intime... Vous vous seriez cru chez vous !

J'adresse à la volée une pensée égarée à ma tendre Félicie.

— Mes petites mettaient tout leur cœur à l'ouvrage. On ne travaillait pas avec le casuel : rien que des habitués, faut vous dire ! Et quel monde : notaires, avocats, commerçants, intellectuels, hommes politiques... Si je vous allongeais les blazes vous ne me croiriez pas !

« Mes demoiselles avaient de bonnes manières. Pour ce qui était de la politesse, pour la courtoisie, c'était mieux qu'au pensionnat des Oiseaux ou de Bouffémont ! Vous me croirez si vous voulez, mais j'en avais une : Ghislaine, qui causait l'anglais aussi bien que la reine d'Angleterre ! Vous m'objecterez que les clients ne venaient pas au « Frivolit'ys » pour mettre en pratique cette langue-là, n'empêche que c'est bougrement agréable de s'empaqueter une jeune fille cultivée ! »

J'attends qu'il s'écroule, à fond de souffle, mais ce bougre-là doit respirer uniquement par les pores de sa peau graisseuse.

— Eh bien ! on m'a fermé ma taule, poursuit-il… Ils m'ont transformé mon claque en ouvroir de vieilles dames. Au lieu de ces belles bougresses qui vous faisaient monter l'eau à la bouche, mon salon Louis XV (d'époque, s'il vous plaît) donne asile à ces morues de la haute qui chlinguent le rance et qui prennent leurs bains de soleil dans les confessionnaux de la Trinité ou de la Madeluche !

« Moi, après ce coup dur, qu'est-ce que je fais, hein ? J'ouvre un bar à Pigalle… Oui, va te faire cuire un œuf ! Les condés qui se la radinent, lœil plus en vrille qu'un tire-bouchon… Ils me filent le grand télescope parce qu'ils s'imaginent que j'ai encore des petites gagneuses dans l'arrière-salle. Un client ne peut pas aller aux gogues sans qu'on ne lui réclame ses fafs ! Ça fait bon effet, je vous l'annonce !

« Jolie mentalité… Quand j'ai bradé mon rade, j'étais obligé de ligoter « Le Chasseur français » pour meubler les carafes entre chaque client ! »

Il tourne au violet. Mais il sent la ligne d'arrivée toute proche. Il a un *rush* terrible et, dans une seule expiration, arrive à articuler :

— Et maintenant que je m'ai déguisé en bouseux, v'là qu'on m'envoie encore une estafette de l'armée Peau-de-Vache !

Il s'assied, s'éponge le front avec sa serviette, puis, sans transition, se racle la gorge et crache par la porte ouverte.

Je regarde ma tocante. Il a parlé pendant dix minutes trois secondes sans prendre pratiquement d'oxygène. Je lui frappe sur l'épaule.

— Pourquoi vous n'iriez pas faire votre

numéro à Bobino, mon vieux ? P't'être que ça les dépannerait pour un soir...

Je m'assieds sur un haut tabouret devant le comptoir et je regarde les étagères.

— Tiens, tranché-je, filez-moi un petit coup de Dry-Pale à l'eau, histoire de m'humecter la luette, vous m'avez donné soif !

Intrigué, un peu rassuré aussi, il s'empresse. Par la même occase, il se prépare un biberon au beaujolpif. Nous trinquons.

— Remettez-vous, mon bon, vous allez foutre la panique dans vos hormones... Je viens simplement vous demander un tuyau !

Il me regarde, les yeux pleins à craquer d'espoir.

— Ah !

— Mais oui...

— Alors, nom de Zeus, pourquoi vous me montrez vot' carte, commako, sans bonnir un mot ?

— D'habitude, c'est le portrait de mon cousin Jules que je montre, mais je l'ai vendu à une marque de laxatif pour sa publicité.

Il rigole.

— Vous, au moins, vous êtes un marrant !

— C'est de naissance, j'ai la méthode amerlock ! travailler en musique...

— Bon, et qu'est-ce que je peux vous chanter ? Vous savez, ici, les distractions sont rarissimes en cette saison...

— Parlez-moi d'un client qui a dû s'amener

dans votre gourbi soit dans la nuit de dimanche, soit lundi matin ?

Il ouvre grands ses carreaux de veau.

— Un client ? Où avez-vous vu ça ? C'est une espèce en voie de disparition, vous savez... Le dernier que j'ai eu, y a fallu que je l'élève à la petite cuillère et que j'y fasse des prix pour le garder une semaine !

Diable ! Voilà qui ne fait pas mon beurre... Je m'étais solidement arrimé dans le crâne l'idée que le complice de Grosses-paupières était venu ici et s'était planqué chez l'ancien marchand de dames pour ne pas attirer l'attention.

— Alors vous n'avez vu personne ?

— Une petite dame, c'est tout... Même qu'elle s'est cassée sans bouffer le repas qu'elle avait commandé...

Je tique :

— Une dame ?

— Ouais !... Elle est arrivée ici lundi, au début de l'après-midi... Elle s'est annoncée chez moi et m'a demandé si qu'elle pouvait crécher. J'ai dit banco, nature, vu que j'ai assez de place pour héberger le cirque Barnum. La v'là qu'est partie en vadrouille dans le patelin, comme quoi elle était représentante. Je me demande bien en quoi ! Cette peau de nouille n'avait pas de bagage...

— Et alors ?

— Moi, j'y mijote ma spécialité : le steak pommes frites parisien, en ce moment, j'ai personne : ma femme est chez son frère qui est masseur à Lyon. Tandis que je me cassais le chou pour alimenter cette grenouille, elle s'est barrée sans dire bonsoir... Elle me devait rien, mais, tout de même, sont-ce des procédés ?

Je renchéris :

— Non, ça n'en sont-ce pas !

— Bon ! De l'affaire vous savez ce qui s'est passé ? C'est moi qu'ai bâfré le steak-frites... Et y m'en faut point : j'ai de l'albumine.

Je biche comme un pou sur la tête de Brassens. Voilà que ça s'emboîte merveilleusement.

— Dites voir, elle était comment, cette pétasse ?

— Pas mal baraquée, avoue le taulier. Des jambes admirables, elle me rappelait Gisèle, une petite que j'ai eue autrefois...

— A part ça, comment était-elle : brune, blonde, rousse ou chauve ?

— Blonde comme un de ces petits mecs qu'on voit sur les vitraux de cathédrale avec une assiette au-dessus de la terrine et des ailes qui leur descendent jusqu'aux noix !

— Habillée de noir ?

— Tout juste, Auguste, comment savez-vous-t-y ça ?

— Une idée... Elle était en bagnole ?

— Oui.

— C'était quoi comme calèche ?

— Une Vedette ancien modèle immatriculée dans la Seine... Verte avec une aile arrière cabossée, dame ! puisque c'était une souris qui pilotait...

— Vous n'avez pas relevé le numéro ?

— Alors là, vous m'en demandez trop : je ne suis pas gendarme, et je m'en voudrais de l'être !

Je n'insiste pas. Après tout il vient de m'apprendre des choses intéressantes. Car, il a déjà été question d'une femme blonde habillée de noir... C'est à une personne de ce genre que Martha-Vol-au-Vent a griffé la valise.

— Je vous dois combien ?

— Ça va, pour une fois que j'ai l'occase de rincer un poulet...

— Alors, remettez ça.

Il souscrit à ce désir et nous trinquons, lui à l'extermination complète de la police ; moi, au salut éternel du mort inconnu...

CHAPITRE VIII

UN ACCIDENT EST SI VITE ARRIVÉ

Vous vous doutez combien il m'est facile de savoir à quoi correspond Balzac 05-07. Je m'affranchis dans le premier bureau de poste rencontré sur mon passage. J'ai la stupeur d'apprendre que c'est le numéro de fil d'une maison de repos sise rue Balzac, en plein cœur de Pantruche. La crèche s'appelle « Villa des Rosiers » et elle est tenue par le professeur Lafrère, lequel fait, paraît-il, autorité dans les milieux psychiatriques.

Si j'ai affaire aux dingues, maintenant, c'est le bouquet !

La clinique se situe dans un hôtel particulier cerné de hauts murs. Je sonne à la grille et un type nippé en bleu horizon avec des rubans de décorations plein la boutonnière vient m'ouvrir. Par-delà la grille, il y a un petit jardin avec des grands arbres frais, des massifs de rosiers et un bassin peu profond où glougloute une eau romantique.

Le zig ressemble à Jean Nohain. Comme l'illustre présentateur, il a le tif rare et gris, la bouche plutôt verticale et un store baissé. Seule différence, mais de poids : il bégaie.

— Qué qu'est-ce ?...

— Je voudrais parler au professeur Lafrère, coupé-je pour lui épargner une tyrolienne superflue...

Le gars se met à m'expliquer que le professeur ne reçoit que sur rembour. Alors je lui dis qui je suis et son clapoir a tendance à redevenir horizontal.

— Je... Je vais... Je vais...

Il m'agace. Faut toujours qu'un bègue fasse des giries supplémentaires, qu'il commente ses faits et gestes et qu'il vous annonce le temps en vigueur.

— Posez ça là, mon vieux, tranché-je, je ferai le tri !En attendant, galopez chez le professeur pour lui annoncer ma visite !

Il me file dans la poire un regard qui ferait fondre un frigidaire. Puis, claudiquant, s'éloigne vers le bâtiment.

Resté seulabre, je repousse la lourde et m'y adosse pour examiner l'hôtel. C'est une construction très Ile-de-France, avec un toit d'ardoises, des volets bleu pâle, et du fromage au-dessus des fenêtres. Celles-ci ont été armées postérieurement de barreaux solides...

La taule est silencieuse, mais, soudain, un cri éclate... Un hurlement insensé, long, vibrant, qui me déchire les nerfs.

Je sursaute... Effaré, je bigle la façade morte. C'est alors qu'un éclat de rire me fait tressaillir. J'avise, contre le mur, à ma droite, une dame assise sur un banc. Elle porte une robe de bure blanche et je n'ai pas besoin de la regarder à la scopie pour comprendre qu'elle a une araignée au plafond. Probable que c'est une inoffensive puisqu'elle est assise sur un banc du jardin.

Elle est entre deux âges, avec les cheveux dénoués et un regard qui ne voit pas les mêmes choses que vous.

Elle me désigne la construction et me dit :

— C'est la folle... Elle crie toujours comme ça, lorsque le temps veut changer.

— Vous êtes en traitement ici ? m'enquiers-je obligeamment.

— Non, dit-elle, je me cache seulement... Il y a des gens qui me veulent du mal... Ils avaient installé une machine parlante chez moi... Je n'ai jamais pu trouver où... Dès que j'allais me coucher, la machine se mettait à fonctionner et me criait des injures, vous avouerez que c'était pénible.

J'avoue. Sur ce, le Jean Nohain bègue s'annonce et me dit que le professeur va me recevoir dès qu'il aura achevé sa visite des malades. En attendant le décoré-moiteur me fait entrer dans les locaux. D'abord c'est un grand hall blanc avec le bureau de la réception à droite et la standardiste à gauche. Puis une volée d'escadrin monumentale.

Nous contournons l'escalier et je lis sur une porte blanche :

« Bureau de M. le directeur ».

Le portier m'invite à en franchir le seuil. Me voici donc dans une vaste pièce solennelle et vieillotte, pleine de meubles cirés et de livres reliés.

Je m'approche, en patinant, d'une chaise couverte de cuir et j'y dépose cette partie de moi-même qui me rend tant de services lorsque je suis fatigué.

Un assez long moment s'écoule, ensuite de quoi la porte s'ouvre sur un monsieur aux cheveux blancs, mais d'un âge raisonnable. Il porte des lunettes sans monture, il a des yeux intelligents, d'un bleu profond, et ses gestes sont aisés. Une blouse blanche boutonnée sur l'épaule lui donne l'air de ce qu'il est, à savoir un toubib.

Il referme et s'avance vers moi. Les cinq pas qui le séparent de cette haute personnalité lui sont suffisants pour la jauger. Lorsqu'il me tend la main, il sait déjà que je ne suis pas un poulet grossier et ignare, mais, au contraire, un type jeune, intelligent, dynamique, assez joli garçon, bien sous tous les rapports et qui ne cherche pas du tout dame ayant situation équivalente en vue mariage.

— Commissaire San-Antonio, fais-je... Je m'excuse de vous déranger dans vos occupations, mais je cherche quelqu'un qui, peut-être, se trouve chez vous.

Il fronce le sourcil et va s'asseoir derrière son bureau.

— Un malade ? demande-t-il.

— Oh ! sûrement pas. Je m'intéresse à une jeune femme blonde, vêtue de noir...

— Vous voulez dire à une infirmière ?

— Je ne veux rien dire... Je cherche cette personne ; outre son signalement, je sais que quelqu'un l'a appelée au téléphone dans la soirée de dimanche. Je sais en outre que l'appel venait de la banlieue de Caen.

Le professeur Lafrère se caresse le menton d'un air perplexe.

— Voilà qui est bien troublant, monsieur le commissaire... Mes infirmières n'ont pas pour habitude de recevoir des appels téléphoniques personnels en cours de travail, et surtout pas la nuit... Attendez un instant...

Il décroche son bignou, appuie sur le bouton rouge près de la fourche et dit :

— Mme Duchemin, étiez-vous de service dans la nuit de dimanche à lundi ?

J'entends la réponse depuis ma chaise.

— Oui, monsieur le directeur.

— Alors venez un instant ici...

— De cette façon, votre lanterne sera éclairée, dit-il... Vous êtes certain qu'il ne s'agit pas d'une erreur ?

Entre nous et le cas d'égalité des triangles, je n'en suis pas tellement sûr. Le gargotier de Riva-Bella a bien pu se coller le doigt dans l'œil jusqu'au fondement lorsqu'il est allé fouiner dans sa cabine téléphonique... Il recherchait un bout de papezingue comportant un numéro qu'il n'avait plus en mémoire, et d'ici qu'il ait foutu la main sur un autre...

Entrée de la dame Duchemin. Une nature ! Un mètre cinquante, quatre mentons, un strabisme convergent, un parfum refusé par le groupement d'achat d'Uniprix et la cinquantaine dûment frappée.

Elle me file un sourire qui donnerait le torticolis à une tête de veau-vinaigrette.

— Madame Duchemin, fait le professeur, ce monsieur me dit qu'un appel téléphonique a été envoyé ici depuis le Calvados dans la nuit de dimanche à lundi ; puisque vous étiez de service, vous devez vous en souvenir, non ?

— Très bien, admet la dame...

Je l'embrasserais. Ce me serait d'autant plus commode qu'étant assis ma bouche se trouve à la hauteur de la sienne.

— Qui demandait-on ? fait Lafrère, mécontent.

— Mme Berthier...

Lafrère en essuie ses lunettes, comme si le fait de mieux voir lui permettait de mieux piger.

— Mme Berthier ! Vous êtes certaine ?

— Tout ce qu'il y a de.

— Qui est cette dame ? fais-je.

— Une infirmière-chef... Nous en avons deux ici : une qui fait le jour et l'autre qui fait la nuit...

— Elle n'est donc pas ici en ce moment ?

— Non.

— A quoi ressemble-t-elle ?

Lafrère lit dans ma pensée.

— Oh ! elle n'est pas blonde et ça n'est pas une jeune femme, si c'est ce à quoi vous songez...

Je soupire.

— Donnez-moi toujours son adresse.

Lafrère congédie la standardiste d'un signe et feuillette un registre pour trouver la crèche de la dame Berthier.

— 17, rue Clapeyron, annonce-t-il.

Je prends note.

— Il y a longtemps qu'elle est à votre service, cette dame ?

— Quatre ans environ.

— Rien à redire sur elle ?

— Non, et même rien à dire... C'est une veuve sans enfants qui n'a peut-être pas très bon caractère, mais qui fait correctement son travail...

— Et, parmi vos infirmières, vous n'en voyez pas qui soient blondes, jolies et qui soient vêtues d'un tailleur noir ?

Il secoue la tête.

— Non, commissaire. Je vous avouerai qu'ici ça n'est pas une clinique normale. Nous soignons des malades mentaux, c'est-à-dire qui ont des réactions parfois imprévisibles et... dangereuses. Je n'emploie que des femmes solides...

Comme je me lève, il pose la question qui lui fait vibrer la menteuse depuis un bout de moment.

— Dites-moi, est-ce... Est-ce une affaire grave qui vous amène ici ?

Je hausse les épaules.

— Je vais vous faire un aveu, docteur. Je l'ignore complètement...

Là-dessus, je prends congé.

Avant de passer le porche, je m'arrête dans le gourbi de la téléphoniste. Elle fait de la comptabilité en attendant les communications. Dans son sac à fermeture éclair posé à ses pieds, j'avise un bouquin de la collection « Votre amour », il s'intitule « Tes mains caressantes ». La dame est une troublée du réchaud, à moins qu'il ne s'agisse là d'un traité de dermatologie.

Elle pose sur moi son beau regard qui se croise les bras.

Je lui souris, elle me sourit. Nous conjuguons le verbe sourire à l'indicatif et sur écran panoramique.

— Dites, lorsque Mme Berthier a répondu au téléphone, elle a pris la communication ici ou dans la cabine ?

— Dans la cabine...

— Si bien que vous n'avez rien pu entendre ?

Elle rosit délicieusement. On dirait une douce pivoine tombée sur une bouse de vache.

— Vous pouvez me parler franchement, affirmé-je en lui décochant mon œillade veloutée numéro 116, modèle 1914. Je suis la discrétion faite homme.

— J'ai un peu entendu, avoue-t-elle. Par la force des choses... A ces heures, il n'y a pas de bruit dans le hall, n'est-ce pas ? et la cabine, voyez, est juste à côté...

— Qu'a-t-elle dit ?

L'autre réfléchit comme un vieux miroir mité.

— Elle a demandé qui lui parlait... Elle a fait : « Ah ! » d'un air surpris... Ensuite, elle a dit qu'elle ne pouvait pas s'absenter mais qu'elle la verrait le lendemain matin...

J'interromps.

— Ce sont ses paroles exactes ?

— Oui.

— Vous voyez de qui elle parlait, en disant « elle » ?

— Non... Elle n'a pas de fille, pas de sœur... J'ai pensé que c'était d'une amie... En admettant qu'elle en ait ! Avec son caractère de cochon !

D'après ce que je vois, la dame Berthier doit jouir d'un carafon hors série. Je l'imagine, mastock, moustachue, avec toujours des rebuffades et des regards qui pétrifient.

— Bon, ensuite, qu'a-t-elle dit ?...

— Elle a répété plusieurs fois « Riva-Bella »... Et puis elle a dit : « Au revoir » et a raccroché.

— Et, en sortant de la cabine, elle vous a dit quelque chose, fait une réflexion quelconque ?

— Non, elle semblait agacée, soucieuse...

Je remercie cette brave personne et la laisse dans sa guitoune.

Pendant que je faisais ma descente à la villa des Rosiers, la pluie s'est mise à vaser ferme et, pour comble de bonheur, je n'ai pas de pébroque, quoi qu'en dise la tradition...

Je galope jusqu'à ma brouette et je me dégrouille de remonter la vitre. Direction rue Clapeyron... Je connais, c'est à Clichy, c'est-à-dire à cinq minutes de là...

***

— Mme Berthier, s'il vous plaît ?

La pipelette à laquelle je m'adresse est en train de laver un petit garçon dans une bassine.

— Troisième gauche ! me crie-t-elle.

— Merci...

Comme l'immeuble a bonne apparence, j'espérais un ascenseur, mais il n'y en a pas et je me farcis les trois étages d'un pas décidé.

Me voici sur le paillasson de la mère Berthier. Je joue « Ce n'est qu'un au revoir » sur le bouton de la sonnette et j'attends... Personne ne répond. Probable que la bonne femme est allée faire son marka ou bien éponger son Jules si elle en a un... Je donne un nouveau récital à la sonnette, toujours en vain, et, convaincu de la solitude des lieux, je me taille... Seulement, en parvenant à l'étage inférieur, il me vient une idée. Jusque-là, j'ai manœuvré au pifomètre et au petit bonheur, il me faut donc continuer. Cette femme a reçu un coup de grelot de « Grosses-paupières », n'est-ce pas ? Et le « Grosses-paupières m'a bel et bien assaisonné avec la crosse d'un superbe revolver d'une valeur marchande d'au moins trente tickets ! Alors ?... Alors je peux me permettre une certaine désinvolture avec cette dame Berthier puisqu'elle fricote je ne sais pas quoi avec un individu suspect.

Quatre à quatre, je remonte l'escadrin et, armé de mon petit ouvre-boîtes breveté, j'ouvre la porte de l'appartement. Je reviens me pencher pardessus la rampe avant d'entrer, mais je suis rassuré car le secteur est désert. Personne à l'horizon. J'entre.

La porte donne sur une petite entrée carrée meublée d'un portemanteau. Il y a un imper accroché là, ainsi qu'un chapeau de dame dont la forme ratifie ce que je pensais de celle qui s'en coiffe.

Trois portes s'ouvrent. Une à droite, donnant sur les toilettes, une seconde au mitan ouvrant sur la cuisine, et la dernière communiquant avec une chambre à coucher-studio...

Je pénètre dans cette dernière pièce *because* c'est la plus grande. J'avise un cosy défait, des meubles en palissandre (comme dirait Pelléas) et un grand tableau signé Martin, représentant trois petits chiens blancs sur un coussin de soie mauve.

Je m'approche de la commode et j'ouvre les tiroirs les uns *after* les autres. J'y déniche du linge, des gris-gris de famille, des choses inutiles... Pas d'osier... La planteuse de thermomètres doit avoir un livret de caisse d'épargne ou un compte chèques...

Par acquit de conscience, je bigle dans la monstrueuse potiche chinoise trônant sur la commode, mais elle ne contient que de la poussière et de vieilles épingles à cheveux rouillées... Je soulève le tableau...

Quelle idée grenue, direz-vous ? Eh bien ! les gars, j'ai posé mon renifleur sur le bouquet champêtre ! Il y a entre le tableau et le mur une liasse de billets de banque attachés ensemble par un élastique et accrochés au clou soutenant le tableau.

J'empoigne le crapaud et je fais un compte

rapide. Il y a là quarante formats de dix raides, soit un total de quatre cents laxatifs ! Gentil magot... Je regarde les biftons d'un peu près et je m'aperçois qu'ils sont neufs... Ces coupures n'ont jamais été pliées... Ce sont des billets neufs, frais sortis des presses de la B.d.F.

Je les remets où je les ai trouvés, je raccroche les trois Médor et je fais la valise...

Au moment où je vais quitter l'appartement, un coup de sonnette me fait tressaillir. J'ouvre et je me trouve face à face avec un brave agent qui, si j'en crois son teint vermeil, fait une publicité parlée appréciable aux vins du Postillon.

Il me regarde avec intérêt et commisération.

— Vous êtes monsieur Berthier ? demande-t-il.

— Non, réponds-je, pourquoi ?

Il se dégrafe le col pour avoir plus de possibilités oratoires.

— Je venais à cause que Mme Berthier a eu un petit ennui, fait-il gauchement.

— Ah ?

— Oui, elle s'est fait écraser par une auto...

— Et... elle est morte ?

— Tuée net !

Je pousse un léger sifflement.

— C'est ce que vous appelez un petit ennui, vous !

— Manière de causer, rectifie-t-il. Quand on a la corvée d'annoncer des nouvelles pareilles, hein ?

— Oui.

— Et puis d'abord, renaude-t-il soudain, qui êtes-vous ?

Je lui montre mes papiers. Il devient pâle.

— Oh ! mande pardon, monsieur le commissaire, je pouvais pas me douter...

Je lui stoppe les remords d'un geste.

— C'est arrivé comment ?

— On ne sait pas... On l'a trouvée morte rue de la Douane avec la tête écrasée... Elle était allongée en travers de la chaussée, la tête sur le trottoir...

— Pas de témoins ?

— Ben, vous savez, la rue de la Douane c'est des murs d'entrepôts, et il n'y passe pas grand monde...

— Où l'a-t-on conduite ?

— A la morgue...

Je gamberge.

— Très bien, je vais y aller... En attendant, téléphonez pour que le médecin légiste s'occupe d'elle, je le verrai dans une demi-heure...

Il salue militairement et nous nous séparons. La pipelette est sur le pas de sa loge. C'est une femme à l'aspect maladif... Elle est blême comme un cataplasme de farine de lin avec la même consistance. Son mouflet, à poil derrière elle, éternue tout ce qu'il peut, mais elle n'en n'a cure car la présence du flic dans sa baraque la captive comme un film d'Hitchcok.

— Qu'est-ce qui se passe ? bavoche-t-elle. Pourquoi qu'on m'a demandé où c'était Berthier ? Un agent surtout ?

Je la refoule dans son clapier tandis que le gardien de la paix s'éloigne.

— Police, dis-je. J'ai besoin de quelques éclaircissements. A quelle heure Mme Berthier est-elle sortie ?

— Mais je ne l'ai pas vue sortir, s'écrie la cerbère...

— Alors à quelle heure est-elle rentrée de son travail ce matin ?

— Je ne sais pas, je ne l'ai pas vue arriver...

— Pourquoi, vous écoutiez la radio ?

— Mais non, je l'ai pas vue, voilà tout...

— Et les autres matins, vous la voyiez ?

— Presque tous les jours, elle arrivait au moment où que je sortais mes poubelles...

La pipelette pousse un cri couvert par un formidable éternuement de son gamin.

— Pourquoi ? croasse-t-elle. Il lui est arrivé quelque chose ?

— Oui : un accident...

— Elle est morte ?

— Hélas !... Parlez-moi un peu de ses intimes...

— Elle n'en avait pas, dit la concierge en pleurant. Elle vivait toute seule...

— Elle recevait du monde ?

— Presque jamais..., comme ci, comme ça, une collègue qui venait boire le café... C'était tout.

— Vous n'avez pas vu ces derniers temps en sa compagnie une jeune femme blonde, habillée en noir ?

— Non...

— Ou bien, m'empressé-je, un grand type en pardessus marron, avec un chapeau noir et des paupières tombantes ?

Elle pousse un cri.

— J'ai vu un homme comme ça, en effet, mais pas avec elle ! Il est venu dans l'immeuble... Je m'étais dit que c'était pour l'oculiste du premier...

— Quand l'avez-vous vu, cet homme ?

— Ben... la semaine dernière, je crois... J'ai dû le voir deux fois...

— Et vous n'avez pas noté de changement dans les habitudes de Mme Berthier, ces jours-ci ?

— Non.

— Ça va, merci... Si j'ai encore besoin de vous, on sait où vous trouver.

Au moment où je pars, le gosse à poil claque des dents. Je lui tends une pièce de cent balles.

— Tiens, petit, lui dis-je, tu t'achèteras une feuille de vigne !

CHAPITRE IX

A L'ENSEIGNE « DES DEUX PONTS ET DE LA RÉPUBLIQUE RÉUNIS »

Barois, l'assistant du légiste, est en train de débiter la mère Berthier quand je m'annonce. Je le salue et fais connaissance avec l'infirmière en chef.

C'est une quadragénaire solide, un peu hommasse qui, bien que morte, conserve encore une expression hostile. Elle a l'arrière du crâne défoncé. Mais la blessure n'a pas saigné... Un simple filet rouge a zigzagué de son oreille... Coagulé depuis un bon moment.

Barois me tend machinalement une main gantée de caoutchouc que j'ai une légitime répulsion à serrer.

— Que pensez-vous de cette personne ?

— Qu'elle est morte, rigole-t-il.

Ces toubibs, ils cassent la graine assis sur un tas de macchabes ! Ils ont le cœur aussi sensible que de la peau d'éléphant.

— D'ac, fais-je, puisqu'il faut subir ses astuces de carabin, et à part ça ?

Il frémit.

— A part ça, votre accidentée est morte assommée... Elle a deux fractures à la base du crâne qui ont été produites par un instrument contondant, vraisemblablement une crosse de revolver...

— Ça me dit quelque chose...

— Ah oui ?

— Oui.

Il ôte ses gants en les tirant du bout des dents. Puis il sort une blague à tabac de sa poche et s'en coud une.

— Elle est morte très tôt ce matin, vers... mettons 6 heures. Son corps a été ensuite jeté depuis la portière d'une auto sur la chaussée. Voyez, elle porte des ecchymoses au visage et aux mains. Mais ces égratignures ont été produites après que la rigidité eut fait son travail... L'assassin a certainement espéré nous faire prendre son forfait pour un accident...

Je remercie Barois. Il va pour me casser l'âge de la mère Berthier et l'état de ses molaires, mais je lui réponds que je m'en tamponne la coquille comme de sa première patinette.

— Dites, où sont ses fringues ?

Il me dit que le « réceptionniste » de la maison Frigo les a déjà classées. Je vais trouver ce digne homme et je lui présente ma requête en même temps qu'un cigarillo.

Deux minutes plus tard, il sort d'un sac de toile dûment étiqueté les effets et le sac à main de la victime. Les premiers ne m'apprenent pas grand-chose ; en revanche, je dégauchis dans le second un volumineux portefeuille râpé bourré de papiers, pièces d'identité, photos, etc. Bref l'attirail qu'une personne de l'âge et de la condition de la veuve Berthier a pu se constituer en un demi-siècle d'existence.

Les photos datent de longtemps. J'y découvre des personnages morts ou vieillis, des jeunes gens, des rires, des enfants... La pétasse de vie les a gommés... Et, maintenant, cette population fixée sur les rectangles de papier glacé effrangés sont échelonnés, au fil des cimetières. Ou bien ils sont devenus tristes et désenchantés, ce qui est pire... Je n'ai rien à foutre du passé de Mme Berthier... Il est fini et elle itou. Ce qui m'intéresse, plutôt, c'est son présent, ou, du moins, ce qu'on pouvait appeler de ce nom hier encore !

Je déniche des quittances de gaz, d'autres de loyer... Sa carte d'assurance sociale... Des clous, quoi ! Je m'apprête à tout remettre en place lorsqu'un mince morceau de papier pelure tombe du lot de paperasses. Je m'en saisis... Il a été déchiré dans une lettre et je lis ces mots :

... ouvez m'appeler à partir du...

... bre, à Grenelle 21-23.

Le tout est souligné d'un coup de crayon à bille. Ça terminait une bafouille, très certainement, et la mère Berthier a découpé ce coin de baveuse pour mémoire.

C'est peut-être sans relation avec l'affaire ; car, maintenant, c'est devenu une vraie affaire criminelle ! Mais, dans une enquête, on ne doit rien négliger.

Une fois encore, petit ballet des numéros téléphoniques... Je trouve l'adresse du Grenelle : « Hôtel des Deux Ponts et de la République réunis », quai de Javel.

Inutile de vous dire que j'y fonce à toute vibure. Je roule de si bon cœur que je manque occire un brave cycliste. Il brame à la garde vilain ! C'est un livreur de baveux. Il me crie que c'est pas la peine de cavaler comme si j'avais Nasser aux miches, et il m'expose en termes véhéments qu'il supprimerait les automobiles s'il était à « leur » place... Sous-entendu « eux », les gars du gouvernement...

Cet incident technique, dépendant de ma volonté, ne m'empêche pas de gagner Javel en gambergeant sec à l'histoire... Le « Grosses-paupières » a été en cheville avec la mère Berthier pour une combine qui reste à découvrir. Il s'est assuré sa complicité moyennant un paquet d'artiche que la prudente veuve a agrafé derrière le tableau de sa chambre. Elle a fait ce qu'on attendait d'elle, et « les gros stores » n'a plus eu besoin de ses services ; ou bien, au contraire, elle s'est déboutonnée au *last* moment et a fait un coup de chantage ; toujours est-il que ce brillant spécialiste du coup sur la noix a bousillé la digne personne...

Le mystère se corse, comme on dit à Bastia. Jusque-là, une seule et faible lueur... Un seul dénominateur commun : il y avait une trousse médicale dans la valise volée qui contenait l'appareil photographique ; et... Mme Berthier était infirmière... Comprenne qui peut.

L' « Hôtel des Deux Ponts et de la République réunis » est une construction ventrue et grise.

Il y flotte une odeur un peu âcre de repassage et de cire liquide.

Le patron est assis derrière son bureau. Au lieu d'y écrire ses mémoires, il y consomme une côte de porc agrémentée de pommes frites. Lorsque je m'incruste dans son espace vital, il lève dessus son auge une tête énorme qui doit peser dans les trente kilos et dont les cheveux sont en brosse. Il a un nez dont l'extrémité a été tranchée net par un éclat d'obus ou une porte d'ascenseur et des yeux qui ne voient pas plus loin que le bout manquant de ce nez.

— Je suis complet, annonce-t-il.

Et d'exhaler une incongruité qui laisse entendre que l'expression doit être prise au sens malpropre du terme.

Je m'annonce. Ma qualité de policier ne le trouble pas.

— Je suis en règle, dit-il, je vais vous donner mon registre... Et pour les contributions aussi. Le mois dernier j'ai eu les polyvalents, ils n'en sont pas revenus...

Je hausse les épaules.

— Je ne suis pas là pour ça... Je cherche un type vêtu d'un pardessus marron, coiffé d'un mou noir et possédant des paupières très tombantes. J'ai des raisons de croire qu'il habite ou a habité votre réserve de puces !

Il racle de la pointe du couteau l'os de la côtelette.

— Jamais vu l'oiseau que vous dites, affirme-t-il. Et j'ai pas de puces non plus vu que je passe du D.D.T. chaque semaine dans toutes les piaules !

Je le regarde entre les deux carreaux, mais il ne se trouble pas. Ce bonhomme est réglo, honnête et consciencieux.

— Bon, alors peut-être avez-vous comme pantin une jeune femme merveilleusement blonde qui portait un tailleur noir ?

Il hoche la tête.

— J'ai eu quelque chose dans ce goût-là, oui.

Mon palpitant se met à jouer « Parlez-moi d'amour ».

— Comment s'appelait-elle ? demandé-je.

— Attendez, fait-il, un nom bizarre, qui sentait la Bretagne...

Il se lève et va potasser un registre noir étoilé de graisse.

— Kessmann..., dit-il. Marie-Louise, née le 16 mai 1928 à Copenhague...

Je note fiévreusement.

— Elle est restée longtemps ici ?

— Attendez...

Il compte entre ses dents.

— Onze jours, annonce l'hôtelier.

— S'est-elle absentée entre-temps ?

— Non !

— Elle est partie quand ?

— Ce matin.

— Elle vous a montré des papiers en arrivant ?

— C'te bonne blague ! s'exclame mon vis-à-vis, vous croyez que je prendrais quelqu'un sans m'être assuré de son identité ? J'ai vu son passeport de mes propres yeux, et je peux vous dire, en plus, qu'il était en règle...

Je tends la main à ce digne loueur de bidet.

— Merci, vous êtes un brave homme.

Il se rengorge et je le quitte pour la grande cabane. C'est le moment de déclencher le gros pastaga.

D'accord ?

CHAPITRE X

LE GOUDRON COMMENCE A DEVENIR LIMPIDE

En me pointant dans mon bureau, je sonne un de mes auxiliaires pour lui demander des nouvelles de Bérurier. Le gars me dit que mon pote le dilaté est en campagne et qu'on ne l'a pas revu depuis la veille.

Je lui recommande de me le brancher sitôt que le Gravos aura donné signe de vie. Ensuite, je me mets en communication avec les Sommiers puis avec les Renseignements généraux pour essayer d'y trouver la trace des « Gros cocards » et de sa complice, *miss* Kessmann, mais ces deux personnages y sont résolument inconnus. Je n'insiste pas et me rabats sur l'ambassade du Danemark. Là-bas, on me promet d'enquêter immédiatement à Copenhague au sujet de la môme Marie-Louise, et on me dit que les renseignements me seront immédiatement communiqués.

Bon, voilà qui est fait... Il ne me reste plus qu'à attendre. Seulement attendre quoi ? Je me dis que les deux équipiers se savent talonnés maintenant et qu'ils doivent assurer leurs arrières. La preuve en est qu'ils ont lessivé l'infirmière-chef...

Je m'abîme dans une trouble rêverie... Comme tout cela est bizarre, incertain...

La photo d'un mort sommeille, si je puis dire, dans un appareil photographique volé. On...

Soudain, je bondis... Inutile d'aller plus loin, je viens de penser à quelque chose. Si mon idée s'avérait juste, ça changerait la face du problo...

Je passe un coup de bignou à Favier en lui demandant de descendre de son labo et je sors de mon portefeuille la photo du mort. Je la pose bien à plat sur mon bureau, je m'empare d'une loupe et je regarde très attentivement...

Je suis encore paumé dans mon examen lorsque le grand Favier se la radine, les tifs plus rouquins que jamais ! Un vrai incendie en balade !

— Alors, commissaire, demande-t-il, vous avez enfin éclairci ce mystère du mort photographié ?...

Je secoue la tête.

— Tout ce que j'ai pu éclaircir, c'était mon caoua matinal, en y cloquant du lait dedans... Je vous ai fait venir parce qu'il m'est venu une idée.

— Ah oui ?

— Au sujet de ce personnage.

— Quelle idée ?

Je hausse les épaules.

— Une idée qui, à première vue — et c'est le terme qui convient — peut sembler idiote, mais à laquelle je me rattache de plus en plus.

Il est tout ouïe !

— Allez-y !

— *Pourquoi cet homme ne serait-il pas vivant ?*

Je lui aurais filé un crochet au foie qu'il ne serait pas davantage sonné. Il gratte sa tignasse incandescente et passe sa langue à l'intérieur de ses joues pour les dilater un peu...

— Mais, parce que, de toute évidence, il est mort, objecte-t-il enfin.

Je secoue la tête.

— Favier, quels sont les détails de ce portrait qui nous font immédiatement conclure que c'est celui d'un mort ?

— Eh bien !...

Il se penche, chope la photo et la bigle intensément.

— Naturellement la blessure, dit-il.

— Une blessure à la tête n'est pas toujours mortelle, mon petit !

— D'accord, mais ses yeux sont bien morts, vous ne le nierez pas ?

— Je ne le nie pas, mais je vais vous objecter autre chose... *Un vivant peut avoir des yeux morts !*

Il s'obstinait à ne pas comprendre.

— Voyons, dis-je, *s'il est aveugle !*

Je lui tends la loupe.

— Regardez ce visage, non pas dans son ensemble, ainsi que nous l'avons fait jusqu'à présent, mais en détail... Et dites-moi s'il est crispé par la mort ! Pas du tout. C'est un visage crispé par l'attention... Un visage qui guette ! Un visage perdu dans la nuit... Si vous voulez mon avis, mon petit Favier, cet homme n'est que blessé... Peut-être même est-ce sa blessure qui a causé la cécité dont il est affligé.

Favier bondit. Il a un élan.

— Vous avez une petite heure, commissaire ?

— Oui.

— Bon, je vais localiser la blessure et en faire un agrandissement de façon à ce que nous puissions mieux en mesurer la gravité !

Je trouve l'idée excellente. Le grand Favier évacue son incendie dans son royaume qui pue l'hyposulfite.

A peine est-il parti qu'on frappe à ma porte. C'est Pinuche. Il a une estafilade rouge à la joue et, pour arrêter l'hémorragie, il a collé dessus des feuilles de papier à cigarettes. Ainsi affligé, il ressemble à une momie qu'on n'aurait pas fini de déballer.

— Qu'est-ce qui t'est arrivé, Pinaud ? T'as eu des complications avec un arbi ?

— Non, j'ai voulu me raser...

— Toujours des initiatives malheureuses, fais-je... Naturellement, t'as pris un couteau de cuisine au lieu de ton rasoir ?

— Pas exactement, je me suis regardé dans le calendrier des P.T.T. au lieu de me regarder dans la glace... J'avais un peu trop bu de blanc et les plombs avaient sauté à la maison... C'est pas pratique, tu sais, de se raser à la lueur d'une bougie.

Il s'assied sans me demander si sa venue m'est ou non agréable.

— Je voulais te dire, fait-il après s'être raclé la tempe d'un ongle noir et racorni, Bérurier a disparu... Nous avions rendez-vous chez lui, ma femme et moi hier, pour une belote... Et il n'est pas rentré... On a dû jouer à trois, mais ça n'a pas le même charme. La belote...

Je l'arrête.

Je me fous de la belote. D'abord j'ai horreur des jeux, ensuite je suis trop préoccupé pour subir un cours de Pinuche.

Bérurier qui découche ! C'est nouveau, ça !

Je prends l'appareil intérieur et je demande à parler au Vieux. Quelques secondes s'écoulent et la voix bien timbrée, mais impatiente de mon chef me chatouille les manettes.

— San-Antonio, annoncé-je, dites-moi, Boss, vous avez envoyé Bérurier en mission ?

— Non, pourquoi ?

— Il a disparu depuis hier...

Le Vieux garde le silence. Il lui faut toujours le temps de la réflexion.

— Curieux, fait-il enfin. Il ne lui est pas arrivé un accident par hasard ?

— Je ne sais pas...

— Alors, renseignez-vous et tenez-moi au courant.

Il raccroche. Pinaud se roule une cigarette. Il l'allume avec un briquet à la flamme fumeuse, se brûle trois millimètres de moustache, douze cils et les poils du nez...

— Dis voir, murmure-t-il, t'as pas une vague idée de ce qui a pu lui arriver ? Sa femme est inquiète... Hier, elle était tellement anxieuse au moment où nous sommes partis qu'elle m'a demandé d'aller chercher leur ami le coiffeur pour lui tenir compagnie...

— T'aurais dû en profiter pour te faire raser, tranché-je...

— Si on y avait pensé plus tôt, on aurait pu aller le chercher tout de suite, le coiffeur, comme ça on aurait fait la belote à quatre. Parce qu'il faut que je te dise..., la belote à trois...

Je cogne mon bureau d'un poing exaspéré.

— La ferme, déchet !

Il se rebiffe comme toujours.

— J'ai vingt-cinq ans de plus que toi, et il est inadmissible que...

Je fais claquer mes doigts.

— Il est arrivé quelque chose à Bérurier... Pas de doute... Le gars aux grosses paupières le connaissait. Notre ami a dû retrouver sa trace et l'autre l'a démoli !

Pinaud en oublie ses récriminations.

— Démoli, Béru !

— Je le crains. Il faut faire quelque chose, et presto...

— Mais quoi ?

Oui, quoi ? Où le Gros a-t-il pu porter ses grands pieds ? Quel fil conducteur a pu le conduire jusqu'au salopard qui...

— Peut-être a-t-il commencé une filature, suggère Pinaud. Suppose qu'il ait été obligé de prendre le train ? Il n'a pas la possibilité de téléphoner et...

— Oui, bien sûr...

J'hésite à mettre Pinuche sur le coup. Pour cela il faudrait tout lui expliquer... Non, je vais m'occuper de l'affaire moi-même.

A cet instant le téléphone retentit. C'est l'ambassade du Danemark qui me réclame. Un attaché s'assure de mon identité et me dit que la police danoise vient de répondre à son appel. La fille Kessmann était une petite infirmière de l'hôpital de Fredericia, on l'a retrouvée noyée sur la grève, le mois dernier... On a supposé qu'elle avait voulu faire une promenade en mer et que le canot s'était retourné, car celui-ci a été retrouvé au large, la quille en l'air !

Lorsque je raccroche, j'ai nettement l'impression que nous avons mis le nez dans une vache affaire.

— Pinaud, fais-je brusquement, connais-tu le Danemark ?

— Non..., dit-il.

— Eh bien ! tu vas le connaître...

Il fronce les sourcils.

— Comment ça ?

— Le plus bêtement du monde : en y galopant...

— Hein ! éructe le fossile. Tout de suite ?

— Immédiatement, et peut-être avant !

— Mais...

— Quoi ?

— J'ai une soirée chez mon beau-frère, ce soir... Tu sais, Poitoud, le marchand de vin, celui qui a épousé Amélie, l'aînée de ma femme ?

— Eh bien ! ton marchand de picrate pourra mettre de la flotte dans son vin en attendant ton retour. Tu vas prendre le premier avion pour Copenhague... Une fois là-bas tu sauteras dans le train pour Fredericia... Il me faut tous les renseignements possibles sur une certaine demoiselle Kessmann qui s'est noyée le mois dernier...

Pinaud secoue la tête avec l'énergie d'un désespoir qui transparaît sur sa tronche de gâteux.

— Non, supplie-t-il, pas l'avion... Je ne peux pas le supporter...

— C'est regrettable, fais-je, mais tu vas le prendre quand même... A moins que tu ne préfères donner ta démission.

Il a un ahanement de vieux bûcheron abattant son dernier chêne.

— Tu ferais ça, San-Antonio ! A moi qui ai toujours été un père pour toi !

— Me fais pas chialer, ça ferait couler mon rimmel ! On va te conduire dare-dare à Orly. Je sais qu'il y a un zoiziau en partance pour Oslo *via* Copenhague dans une heure environ... Passe à la caisse prendre des devises et un ordre de mission auprès des autorités danoises...

Il a des larmes dans ses yeux flétris.

— Tu n'es pas chic, San-A. J'aurais pu prendre le train...

— C'est ça, et mettre deux jours avant d'arriver à Fredericia ! Je te connais : tu rates toujours les correspondances... Non, ça urge... Je sens que je tiens le bon bout, alors profitons-en... Va et câble-moi tous les renseignements dès que tu les auras…

— Je vais être malade dans l'avion !

— Ça te passera le temps…

Il bredouille :

— Et si je me tue ?

Je le regarde, pris de pitié. Je connais mon Pinuche. Il n'y a pas plus courageux que sa pomme dans les cas désespérés (les plus doux, comme disait… l'autre) mais dans la vie courante, il est plus timoré qu'une vieille fille voulant franchir à gué le Mississippi.

— Si tu te tuais, Pinaud, fais-je, ta veuve toucherait une pension exactement comme si tu avais été un individu normal.

Il grommelle encore des imprécations mais je le pousse vers la sortie en lui disant de se presser.

Favier entre en courant, bousculant Pinaud dont le chapeau choit sur le parquet. Le vieux chnock se met alors à déclamer des trucs émouvants sur le respect qu'on doit à ses cheveux blancs et l'absence de respect des nouvelles couches.

— En fait de couche, c'est toi qui détiens la plus épaisse, tranché-je en shootant dans son galure qui va faire un vol plané dans la cage de l'ascenseur.

Là-dessus, je lui claque la lourde dans le dos. Et je crie :

— Bon voyage !

Favier exulte.

— Vous aviez raison, San-Antonio…

Il tient à la main une épreuve format 18 x 24 consacrée uniquement à la blessure de notre homme aux yeux morts.

— Je viens de montrer ce cliché au docteur Bermuel... Il assure que cette blessure n'a pas été produite par une balle. Mieux, il prétend qu'elle était en voie de cicatrisation lorsque la photographie a été tirée...

— Hein ?

— Regardez, effectivement, on constate, grâce à l'agrandissement, que les chairs se ressoudent sur les bords de la plaie. D'autre part, les lèvres de cette plaie sont en forme de courtes languettes. Le docteur Bermuel a raison : c'est un éclat de métal, aux arêtes vives, qui a blessé l'homme...

Je me frotte les mains.

— Vous ne direz pas que je n'ai pas le compas dans les calots, Favier ?

— Personne n'en doute, commissaire !

J'ai une courbette reconnaissante.

— Bermuel est toujours dans nos murs ?

— Oui, il apporte une expertise au Vieux et il est obligé de faire antichambre car le patron est en conférence...

— Dites-lui de venir un instant...

Favier disparaît et je reste en tête à tête avec cette blessure, si je puis ainsi m'exprimer.

Bermuel radine, escorté de Favier qui biche comme un pou sur le crâne d'un clodo. Après tout, c'est un peu son affaire, et il lui plaît de la voir croître et se multiplier comme le ferait une plante rare.

Bermuel est un petit gros avec un bide de bouvreuil et un visage signé Cadum. Il est appétissant comme un jambonneau. Un anthropophage le croûterait sans le faire cuire !

On s'en serre cinq chacun et je lui montre la photo.

— Favier m'a fait part de vos conclusions, elles jettent sur l'enquête ce que les journaleux appellent « un jour nouveau »... Moi, j'ai une autre question à vous poser...

Je lui tends la première image, celle qui représente l'inconnu.

— Pensez-vous que cet homme soit mort ou aveugle ? Pensez-vous que sa cécité, si comme je le crois vous inclinez vers cette thèse, soit consécutive à cette blessure ?

Il pose une vieille serviette en vache galeuse sur le coin de mon bureau, accroche sur son petit pif rose des lunettes à la Marcel Achard comme s'il voulait jouer avec Moâ, et étudie la première image.

Nous retenons notre souffle afin de ne pas troubler son examen.

Il se passe bien cinq minutes avant que le toubib ne remue.

— Mais cet homme n'est ni mort ni aveugle ! affirme-t-il.

Favier et le gars Bibi poussons un même hurlement incrédule.

Je bigle encore l'image, histoire de vérifier si, par mégarde, je ne lui aurais pas présenté la photo de mon cousin Alfred, celui qui a des varices et les palmes académiques.

Mais non, il s'agit bien du bonhomme que j'ai appelé « le mort », puis « l'homme aux yeux morts » et que je ne sais plus comment qualifier...

— Enfin, Bermuel, vous ne voyez pas ce regard éperdument inexpressif ?

— Mon cher ami, l'inexpression n'est pas la mort. Je vais vous dire mon point de vue...

— Bonne idée, j'ai toujours eu peur de mourir de curiosité.

— Cette photographie a été prise au flash..., probablement d'assez près. L'éclat intense a chassé des yeux toute expression. Ce que vous prenez pour un regard vide est en réalité un regard ébloui...

Chapeau... Il a du stock sous le chapiteau, Bermuel.

Je pousse un soupir qui attise la chevelure incandescente de Favier. Bientôt faudra mettre des lunettes de soleil pour le regarder.

— Merci, doc, vous êtes un crack, si un jour je trouve une Légion d'Honneur dans une pochette-surprise, je courrai l'accrocher à votre veston.

— Pas la peine, fait-il en riant, je n'aime pas le rouge.

— Eh bien ! si vous n'aimez pas le rouge, je vais boire un verre de blanc à votre santé.

Là-dessus, je me sauve avec un tas d'idées nouvelles à préparer.

Pour la gamberge, lorsque je ne suis pas chez moi, rien ne vaut une petite salle de bistrot. Dans les auréoles tatouant le guéridon de marbre, je trouve ces pensées géométriques qui vous branchent sur la logique.

Le troquet d'en face est désert à ces heures. Je vais tout au fond, sous un trophée de chasse constitué par une tête de marcassin ressemblant à Bérurier. Cette comparaison me fait penser au Gros. Où, diantre ! est-il allé se coller les ailes, l'idiot !

Il a dû trouver une piste sérieuse et il a foncé avec ses pieds plats et sa vue basse. Seulement il est passé aussi inaperçu qu'un mal blanc sur le nez d'une négresse. Pourvu qu'on ne me l'ait pas dérouillé, mon bouddha maison ! J'ai beau le charrier et il a beau être gland à faire pleurer un gendarme, je l'aime bien, Béru... Et vous autres aussi, n'est-ce pas ? depuis le temps que je vous en casse sur cézigue ! C'est un personnage, quoi ! Il occupe sa place dans le grand concert de la société ! M... v'là que je fais de la littérature, ils vont encore insister pour me cloquer le Nobel ! Pourtant, on a besoin parfois de se mettre une fleur à la boutonnière, non ? Ou bien de regarder une jolie fille descendre d'une 4 CV ! Moi, j'ai besoin d'adresser en passant un hommage ému à Bérurier, le plus gros, le plus cradingue, le plus considérable des flics... Et quand je dis qu'il occupe sa gâche dans le concert, je sais ce que je bonnis. Tenez, gardons l'exemple du concert. Parfois, dans un orchestre, vous voyez un minable qui joue du triangle. A côté du batteur cerné par ses chaudrons, il a l'air de touiller une infusion.

Vous vous dites que s'il allait pêcher la sardine à l'huile dans le bassin des Tuileries, ça serait du kif côté harmonie ?... Eh bien non ! Que le zig s'en aille avec son petit cintre pour vêtement de poupée et *illico* il manque quelque chose. On entend son silence, on voit son absence... Car c'est ça le mystère : le gars n'a pas de présence, mais il a une absence. Tout le monde a une absence, même vous, bande de gougnafiers ; même moi... Vous verrez comme vous l'aurez saumâtre lorsque je ne serai plus là pour vous écrire des calembredaines et que vous demeurerez enfin seuls avec l'almanach Vermot.

L'absence de Bérurier chante en moi un petit hymne frêle et doux...

Je commande à tout hasard un grand blanc cassis que j'entends boire à la santé de mon illustre camarade et à l'énergie du vaillant coiffeur qui assure l'intérim dans son ménage.

J'avale le muscadet et je prends à mon Hermès une feuille périmée. J'expulse de sa gaine la mine rétractile de mon bic deux tons (assorti à la couleur de mon slip).

J'écris en caractères imprimés :

1) Un homme blessé photographié.

2) Une femme blonde, possédant l'identité d'une Danoise morte, se fait voler l'appareil contenant la photo du 1, ainsi qu'une trousse médicale.

3) Un homme aux grosses paupières fait l'impossible pour récupérer l'appareil.

4) Cet homme téléphone à une dame Berthier

qui est infirmière. On trouve cette dernière assassinée.

5) La Danoise dont la femme blonde a usurpé l'identité est morte dans des circonstances curieuses. ELLE ÉTAIT INFIRMIÈRE !

Lorsque j'ai terminé, je dessine sous cette liste un canard à trois pattes qui symbolise l'affaire et j'étudie attentivement ces cinq personnages. Un lien commun les unit : la médecine. Le premier est blessé, les femmes sont infirmières, et l'homme aux grosses paupières est en contact avec au moins deux d'entre elles. Voilà, pas plus duraille que ça. Étant donné que le vent souffle de l'ouest et que le filet de bœuf coûte mille francs le kilo, trouvez l'âge du capitaine.

Une ombre se profilant sur ma liste, je dresse la citrouille et j'avise Plantin, un gars de la maison.

— Monsieur le commissaire, dit-il, il y a là un monsieur de l'ambassade du Danemark qui désire vous parler...

Je me dresse.

Qu'est-ce à dire ?

En coup de vent, je traverse la chaussée et je vais dans le salon d'attente de la Manufacture des Passages à Tabac. Un monsieur vêtu de sombre, froid, blond, pâle et soucieux, m'y attend.

— Monsieur le commissaire San-Antonio ? s'informe-t-il avec un léger accent.

— Soi-même.

— Pietr Andersen ! se présente-t-il.

Je lui présente une main valeureuse qu'il examine avant de la serrer et je le fais entrer dans mon bureau.

— Vous nous avez téléphoné pour demander des renseignements au sujet d'une demoiselle Kessmann ?

— Exact...

— Nos services vous ont fourni les renseignements que vous désiriez, mais il se trouve que la demande d'information faite par eux à Copenhague a éveillé l'attention de notre police. Le chef de la brigade criminelle voudrait savoir ce qui a motivé la curiosité de la police française relativement à cette fille.

A mon tour, j'ai envie de le questionner, mais je me dis à temps que si on joue au ping-pong avec le mot « pourquoi » nous n'obtiendrons jamais le « parce que » tant espéré.

— Nous nous intéressons à une jeune femme blonde qui circule en France avec le passeport de feue *miss* Kessmann.

— Voilà qui est étrange...

— N'est-ce pas ?

Je lui propose une sèche, mais il refuse discrètement et sort de sa poche un étui de cuir bourré de cigares. Il me le présente. Je chope un barreau de chaise qui remplirait la bouche de Gabriello.

— A mon tour, monsieur Andersen, puis-je savoir pourquoi la police danoise est intéressée par notre curiosité ?

Il fronce les sourcils.

— Je m'explique : le fait que nous ayons pris

des renseignements sur cette demoiselle Kessmann est-il de nature à troubler votre police ?

Là, il pige.

— J'y arrive, fait-il.

Il se carre le cigare dans les labiales et refuse la flamme de mon briquet.

— Non, ce serait dommage, proteste-t-il en grattant une allumette.

Quand l'extrémité du cigare ressemble à la chevelure de Favier, il prend le relais.

— *Miss* Kessmann était affectée à la personne du professeur Munhssen dont vous avez dû entendre parler ?

Je secoue la tête d'un air contrit.

— Non, excusez-moi, vous savez, je n'ai aucun rapport avec les milieux médicaux. Sorti de l'aspirine, je ne connais rien dans ce domaine...

Il réprime une moue apitoyée.

— Le professeur Munhssen n'est pas un médecin, mais un chimiste. C'est lui qui a collaboré à la fabrication de l'eau lourde, au tout début de son utilisation...

— Voyez-vous...

— Il se livrait à de grands travaux concernant un nouvel explosif. Il devait faire une grande déclaration à ce sujet au congrès de Bruxelles-Londres, mais il a été accidenté au cours d'une expérience... C'est à cette occasion que Mlle Kessmann est venue le soigner...

Je sens un métronome dans mon colombier. Mes enfants, je ne sais pas où vous en êtes de vos cogitations, en admettant que vous ayez pris votre phosphore ce matin, mais moi j'ai la matière grise qui fait des heures supplémentaires...

Je croasse :

— Et ensuite ?

Andersen paraît vaguement étonné.

— Vous n'avez pas lu les journaux ?

— Ça dépend lesquels !

— Le professeur Munhssen est parti en voyage huit jours après la noyade de son infirmière. Il y a trois semaines de cela, depuis on est sans nouvelles de lui.

J'ouvre le tiroir de mon bureau et je lui tends la photo de l'inconnu à la tempe meurtrie. (Tiens, v'là une jolie appellation.)

Andersen y file un coup de périscope et en laisse choir son cigare sur son futal.

— Mais c'est lui ! crie-t-il.

Du coup, le prestige de la police française fait un pas en avant.

— Enfin, murmuré-je, voilà mon zouave identifié...

Le brave attaché d'ambassade n'en revient pas.

— Comment se fait-il ?

— Mystère et fromage mou, rétorqué-je. Il est trop tôt encore pour que je m'étende sur la question.

Et pour cause ! Tu parles, Jules, comme dirait un type amoureux des vers libres.

— Nous sommes sur une piste, dis-je. Mais nous avons besoin du maximum de renseignements concernant Munhssen. Vous pouvez déjà me dire dans quelles circonstances il a disparu...

— Oh ! le plus simplement du monde. Il a prévenu ses collaborateurs qu'il partait en convalescence en Italie...

— Il n'était pas marié ?

— Il était veuf... Il n'avait qu'une fille, mariée aux États-Unis. Il lui a écrit pour lui annoncer son voyage... Et puis, un jour, il a disparu sans laisser de trace... Ce qui a troublé son domestique, lequel était en congé au moment du départ de Munhssen, c'est qu'il a trouvé le passeport du professeur en faisant des rangements. Cet oubli était surprenant de la part d'un homme partant à l'étranger...

— En effet...

— Le valet de chambre a averti la police. Une enquête a été faite, mais il semble que le professeur Munhssen se soit désintégré. Des clans se forment au Danemark à son sujet, certains pensent qu'il est parti en Union Soviétique, clandestinement. D'autres qu'il a été assassiné...

— Je vois...

Andersen tortille la photo dans ses doigts.

— Où avez-vous retrouvé mon compatriote ?

— Hé là ! je ne l'ai pas retrouvé. Cette photo était en possession de la femme blonde qui s'est emparée de l'identité de la fille Kessmann...

— Tout cela m'a l'air très embrouillé.

— Ça l'est, en effet...

Brièvement, je lui raconte les principaux faits de l'aventure. Puis, ensemble, nous câblons à Copenhague pour savoir si mes collègues danois connaissent l'homme aux paupières tombantes et la fille blonde.

— De toute façon, dis-je à l'attaché lorsque ces formalités sont accomplies, j'ai dépêché à Copenhague un de mes auxiliaires. C'est un homme précieux qui va éclaircir pas mal de points obscurs...

C'est sur cette promesse que nous nous séparons. Dès que le méticuleux Andersen s'est taillé, je grimpe chez le Vieux pour lui faire le point de l'affaire.

Il est très intéressé. Debout, les fesses contre le radiateur, son crâne ivoirin scintillant à la lumière électrique, il m'écoute...

Lorsque j'ai terminé, il rumine ces informations, puis tire sur ses manchettes et regarde avec consternation un brin de poussière sur la pointe avancée de sa godasse gauche.

Je ne trouble pas ses réflexions... Du reste, il ne le permettrait pas.

— Je connaissais Munhssen de réputation, déclare-t-il. C'était un savant considérable.

— C'en est peut-être toujours un, hasardé-je.

— Pourquoi pas? fait-il en se massant la rotonde de sa main délicate.

— D'après moi, il était surveillé par des gens que sa dernière découverte intéressait. On a assassiné son infirmière qui le surveillait de trop près et on lui a adjoint la mystérieuse femme blonde...

— J'y ai pensé...

Le Vieux me foudroie de son œil bleu glacier.

— Possible, dit-il, mécontent. Son enlèvement a été préparé... On l'a obligé de prévenir son entourage du départ afin de ne pas attirer l'attention ; sans doute même, Munhssen comptait-il vraiment aller se remettre en Italie...

— C'est probable...

Autre regard courroucé du Vieux.

— Munhssen a été amené clandestinement en France ; peut-être avec un avion particulier. Seulement, son état physique a nécessité des soins particuliers et on a eu recours à cette veuve Berthier...

— Ça se tient !

— Merci ! crache-t-il sèchement.

Il marche de long en large dans son bureau.

— Pourquoi a-t-on photographié Munhssen ? Voilà ce qu'il serait intéressant de savoir...

Cette fois, je la boucle hermétiquement.

Et, naturellement, comme j'omets de la ramener, il m'oblige à jacter.

— Vous n'avez aucune thèse à proposer à ce sujet ?

— Si, fais-je, uniquement pour l'emmaverdaver.

— Je vous écoute...

— Supposons que la France n'ait été qu'une étape dans le cours de l'enlèvement ?

— Bon, après ?

— Supposons que Munhssen ait fait une rechute... Une rechute grave obligeant ses ravisseurs à le cacher sur notre territoire avant de l'expédier autre part ?

— Oui, ensuite ?

— Cela expliquerait l'intervention de la mère Berthier... Ce serait déjà ça d'acquis.

— Continuez, San-Antonio.

— Seulement les gens à qui on doit remettre Munhssen sont des sceptiques, ils ne croient pas en cette maladie... Ils craignent un piège... Pour les rassurer, pour se justifier, en somme, les ravisseurs photographient le prof.. Qu'en pensez-vous ?

Il met un moment à répondre. Après quoi, il branle le chef, comme on dit dans les écoles hôtelières.

— Ça n'est pas impossible !

Me voilà vachement encouragé avec une telle approbation. Je peux toujours distiller ma matière grise ! C'est vraiment du cochon donné à un marchand de confitures !

— Que pensez-vous faire ? s'inquiète le Vieux.

— Rechercher Munhssen.

Il fait claquer ses doigts manucurés.

— Il ne suffit pas de le rechercher, San-Antonio...

— Ah oui ?

— Il faut le retrouver ! N'oubliez pas que maintenant les Danois sont au courant de vos investigations. L'affaire prend des proportions internationales.

Voilà ce vieux peigne qui se gargarise à la potion tricolore. Je n'ai pas fini. Dans vingt secondes, ça va être le salut aux couleurs et l'émission de Jean Nohain !

Je lui laisse tartiner ses hautes considérations sur le prestige français, le message de notre pays, sa mission intellectuelle etc., en vente dans toutes les bonnes pharmarcies !

Après quoi, je me lève.

— Eh bien ! patron, si vous le permettez, je vais attaquer !

— Par où ?

— Par la piste Berthier... On ne s'est pas adressé à elle au petit bonheur, il existe nécessairement un lien entre elle et les ravisseurs du savant.

— Nécessairement, admet le Vieux.

Il conseille, doctoral :

— Fouillez son passé !

— Bien, chef.

Le passé des gens, y a rien de plus déprimant. Quand on fait la connaissance de quelqu'un, on ne peut pas se figurer sur quel tas d'immondices il est bâti !

En pauvre crêpe, on le trouve sympa... On le prend pour un crack ou bien pour saint Machin-Chose, et puis, si on retrousse les manches et si on commence à gratter son sous-sol, on découvre la misère de l'existence... Ou plutôt on trouve l'existence elle-même, avec son tas de vieux bidets crevés, de dentiers brisés, de bandages herniaires, de coquilles d'œufs, de coquilles d'huîtres, de papiers froissés... Ah ! les papelards. Ce sont eux les plus dégueulasses ; oui, les papelards, les lettres d'amour, les lettres anonymes, les lettre de faire-part, les lettres de cachet, les lettres sans cachet ! Les extraits de naissance, les avis de décès, les annonces, les affiches, tous les papiers qui ne demandaient qu'à rester blancs ! Les meilleurs, ce sont ceux qu'on met en rouleau dans de petits endroits... A ceux-ci, du moins, les hommes ne confient pas leurs sales pensées...

— Fouillez-le bien ! tranche le Vieux.

Ce que la pensée vagabonde, tout de même ! Moi, j'étais déjà aux antipodes.

Je m'évacue en souplesse et je descends trouver les inspecteurs de service.

— Tout le monde sur Mme veuve Berthier, domiciliée 17, rue Clapeyron, fais-je. Elle est cannée ce matin d'un coup de goumi sur la théière. Il me faut le maxi de rambours sur elle : d'où elle vient, ce qu'elle faisait avant de venir au monde, ainsi qu'après, bref, le grand jeu... Explorez surtout ses relations... J'exige son *curriculum* complet et détaillé, vous m'entendez, bande d'égotistes ? S'il manque une heure de sa chienne de vie dans votre rapport, vous pourrez aller vendre des esquimaux Gervais en Sibérie...

Je dois avoir ma frite des jours J, parce qu'il y a un méchant remue-ménage dans la volière. Ça galope dans tous les azimuts, croyez-moi. Chacun de décrocher qui son bitos, qui son pardingue au porte-lardeuss.

Comme la meute va se ruer à l'hallali, je gueule :

— Et c'est pas pour Gallup que vous marnez, les petits. Compris ? C'est pour bibi ! Vos tuyaux, il me les faut pas pour le trimillénaire de Paname, mais demain aux aurores ! Les ceuss qui reviendront les mains vides n'auront pas droit à une place assise dans le métro, car ils ne pourraient pas l'utiliser avant longtemps !

Sur cette menace discrète, ils s'évaporent comme un flacon d'éther débouché (1) !

Quant à moi, dit mézigue, conscient d'avoir accompli mon devoir de chef, je colle mes lattes sur mon sous-main, je croise mes pognes sur ma brioche et, épuisé par ces multiples incidents, je pique un somme réparateur.

***

C'est Magnin, du standard, qui m'éveille.

Il le fait avec le maximum de discrétion.

— M'sieur le commissaire, balbutie-t-il. Hé ! M'sieur le com...

Je sursaute. Moi qui rêvais que je me calçais une bergère primée, je déchante en avisant la trogne constellée de pustules du gars Magnin.

— Et alors ! fais-je. On frappe avant d'entrer !

— Mais j'ai frappé !

— Qu'est-ce que c'est ?

— Un câble pour vous...

— Ça vient de Copenhague ?

— Non, de Bagdad.

(1) Le lecteur constatera que, pour la métaphore, je ne crains personne. Toujours plus hardi, à la pointe extrême de l'originalité, telles sont les deux devises qui me servent de traversin !

— Hein ?

J'arrache la feuille bleue qu'il brandit. Avec une stupeur compréhensible, je lis :

« *Ai pris l'avion de Saigon au lieu de l'avion d'Oslo. Stop. Suis descendu à la première escale pour faire demi-tour, stop. Préviens Mme Pinaud que je n'irai pas ce soir avec elle chez Poitoud, stop. Dis-lui d'embrasser Amélie pour moi, stop.*

Inspecteur principal Pinaud.

Je reste un brin suffoqué. Puis je froisse le message et je me tourne vers Magnin.

— Tu vas filer un câble à destination du prochain avion qui fait Bagdad-Paris, renseigne-toi...

— Bien, monsieur le commissaire...

Il s'empare de son bloc et de son crayon à mine grasse.

— Quel en est le texte ?

Je réfléchis.

— Adressé à inspecteur principal Pinaud...

— Ensuite ?

— *Tu ne me croyais pas lorsque je t'assurais que tu n'étais qu'un c... J'espère que maintenant ce doute est dissipé !*

Commissaire San-Antonio.

Magnin me demande :

— C'est un message chiffré sans doute ?

— Oui, dis-je, mais rassure-toi, il le comprendra. Et puis, ça fera marrer l'hôtesse de l'air...

TROISIÈME PARTIE

CHAPITRE XI

JE BRÛLE... MAIS SUIS BRÛLÉ !

Le lendemain, à l'aube, tout le circus de la Société Patate arrive au rapport.

Je dois reconnaître que mon équipe de pieds-plats a fait du bon turbin. Ces gars-là, ils passent une partie de leur vie végétative à étudier le comportement des mouches à beurre dans la bonne société monégasque de Christophe Colomb à Rainier du soir, mais quand il s'agit de mettre le grand développement, pardon Mme Louise, ils sont un peu là !

La vie de la mère Berthier est étalée au milieu du burlingue en moins de deux, comme une poubelle renversée.

J'en apprends tellement long sur son compte qu'il faudrait Jules Romains soi-même pour le mettre en prose. Je vous passe sa jeunesse, son mariage, son bonhomme qui se poivrait le naze ; sa liaison avec un toubib, sa salpingite, l'achat à tempérament de son frigidaire, son tempérament à elle, ses fausses couches et la couleur de ses soutien-choses.

Seul point intéressant et à retenir ; elle s'est engagée comme travailleuse libre en Bochie pendant la dernière. Elle grattait dans un hosto à Berlin ; même qu'à son retour elle a eu droit à la coupe melba de la part de tous ceux qui, n'ayant pas pris les armes au cours du patacaise intégral, ont libéré leurs instincts à la Libération en s'improvisant coiffeurs pour dames !

D'après mon informateur, au pays de la choucroute au Führer, elle est devenue la maîtresse d'un Tchèque sans provision qui lui a fait le lotus nippon et l'incendie de Chicago à la perfection. Ce zouave appartenait à la Gestapo. A la fin de la guerre, il a été enchristé par les Popofs. Il s'appelait Caseck, ce qui, paraît-il, à Prague et dans ses environs immédiats, signifie Dupont.

Ce point m'intéresse beaucoup. D'autant plus qu'un autre de mes boy-scouts se la radine avec une photo qu'il a dégauchie sur le calendrier des postes de la veuve. Cette image m'écorchait tellement les lampions que je ne l'avais pas vue ! Que ceux qui n'ont pas lu la Lettre Volée de Poe me lancent la première paire de lunettes !

Le rectangle de papier glacé représente la mère Berthier avec quinze carats de moins, donnant le bras à mon pote « les grosses gobilles », lui aussi épongé de quinze berges ! A l'arrière-plan, on distingue l'enseigne d'un magasin ; même sans le concours d'une loupe, on peut se rendre compte qu'elle est écrite en chleu.

Conclusion automatique, le gnace aux paupières bombées s'appelle Caseck et c'est lui que la veuve Berthier utilisait comme cataplasme lorsqu'elle soignait messieurs-les-peints-en-vert en Berline !

C'est pas pour me vanter, mais je commence à y voir clair. Entre nous et un bocal de cornichons à loyer modéré, je pense que les Ruscos ont relâché Caseck depuis un certain temps. Ce brave gestapiste en chômage a été désorienté, il a hésité entre se faire pédicure chez les petites Sœurs des Pauvres et entrer dans un réseau d'espionnage étranger, et c'est la seconde solution qui a prévalu dans son cœur.

Il a participé à l'enlèvement du vieux Munhssen. Seulement, pour une raison quelconque, le coup a partiellement foiré... Il a été obligé de planquer le savant danois à Paname. Celui-ci étant malade, il fallait des soins éclairés... Il ne pouvait le faire soigner dans un hosto puisqu'il savait qu'à Copenhague on se caillait le raisin au sujet du bonhomme... Alors il a eu l'idée d'aller chez son ancienne nana de l'époque héroïque. La vie ayant passé par-dessus leur idylle, il a dû avoir recours à des arguments moins spirituels pour la convaincre... D'où la liasse de biftons planqués derrière les petits gailles.

Oui, c'est ça... Ensuite la vioque a eu les jetons et il lui a déplafonné la tirelire pour la faire rester peinarde.

Je remercie mes gars qui ont fait du si prompt travail. Il ne m'en reste qu'un à auditionner :

Dupied, un vachard fini qui pousserait sa vieille mère hors des clous pour le plaisir de lui faire coller une contredanse.

Lui, il s'est chargé du présent de la morte. Il a établi un emploi du temps de feu Mme Berthier vraiment sans bavure…

Si j'en crois mon rapport, ces derniers temps, la brave dame menait une vie des plus rangées. Elle partait le soir à 7 heures de chez elle pour prendre son poste à la clinique des Rosiers. Elle en repartait à 6 heures le lendemain, rentrait *at home* et se zonait jusqu'à deux plombes de l'aprème. Ensuite, elle allait s'acheter de la bouffe dans le quartier et se préparait un gueuleton.

Elle ne faisait qu'un fort repas par jour : l'après-midi. Elle complétait son alimentation par de multiples cafés-toasts absorbés dans le courant de la noye…

Lorsque Dupied en a fini, je le congédie et je demeure seulâbre avec ces éléments de l'enquête. Si la mère Berthier soignait Munhssen, c'était vraiment en vitesse et il ne devait pas résider loin de chez elle… Voilà qui circonscrit le champ des recherches…

Le bignou carillonne. C'est le Vieux qui me demande si j'ai des nouvelles de Bérurier.

— Aucune, chef…

— Et votre enquête ?

— Elle suit son petit bonhomme de chemin…

— Eh bien ! faites-la courir, coupe-t-il. J'ai déjà reçu un fil des Affaires Étrangères, les

Danois demandent des explications et surtout des résultats...

Il raccroche, mauvais comme un cheval dont le poster a servi de cendrier à un fumeur de cigares.

Je me lève, fais craquer mes jointures et rajuste le nœud de ma cravate.

Je me sens vaguement déprimé. Enfin, je vais toujours porter mon tarin quelque part.

Ce matin, l'air de Paris sent la petite femme honnête qui va au rancart de son premier amant.

C'est frais, délicat, juvénile comme l'acné d'un collégien et si ça ne rapporte rien, ça ne mange pas d'argent. On dirait qu'il y a une petite ressucée de printemps dans les feuilles dorées des arbres.

Parole, on en mangerait saupoudré de sucre. Je vous parie un abat-jour contre un jour d'abats que les studios meublés vont marner dur aujourd'hui. Ces temps-là portent à l'épiderme.

Je prends place derrière mon volant et je décarre en souplesse. A cet instant, une petite fille s'élance pour traverser la chaussée afin de rejoindre sa vioque. Je freine à bloc : pas de bobo. La daronne de la gosseline qui a tout vu pousse un cri sauvage, croyant le fruit de ses entrailles culbuté... Je l'invective histoire de lui remettre les nerfs sur la bonne longueur d'onde... Et je poursuis ma route. Mais sa clameur désespérée m'a froissé le cervelet. Ce cri m'en rappelle un autre que j'ai entendu voici peu de temps... Un cri... Ah oui ! c'était à la maison de repos du professeur Lafrère... Un cri de femme aussi, un cri de folle, formidable, total, qui remontait de la nuit des âges…

Je me range derrière une file de taxis pour allumer une cigarette. Tous mes sens sont alertés, *because,* soudain, je viens de penser qu'un asile de dingues c'est vraiment une planque idéale pour séquestrer un bonhomme. Mais bien sûr ! La voici la solution… Voilà pourquoi Caseck a rambiné avec sa mégère… Ensemble ils ont manigancé l'entrée en clinique du père Munhssen… Rien de plus fastoche : le vieux porte une blessure à la trombine et, si ça se trouve, ne parle peut-être pas le français !

Quel tordu j'ai été en omettant de présenter sa photo à Lafrère…

Je redémarre au moment où les chauffeurs de bahut me traitent de péquenot parce qu'ils pensent que je n'ai pas gaffé l'interdit de stationner…

***

L'hôtel particulier qui abrite ces messieurs-dames les tourmentés de la toiture est paisible en ce frais matin. Le portier décoré m'ouvre, me reconnaît, me salue et me guide jusqu'au grand hall.

En cours de chemin, il m'annonce que le professeur Lafrère est en voyage. Il a été rappelé au chevet de son père, en Vendée. Je ne me casse pas le chou pour si peu et je demande à visionner son assistant, en vistacolor et en chair et en os.

On souscrit *illico* à ma demande. Survient alors

un jeune toubib au teint jaune, au cheveu noir et à la bouche pincée par les déceptions de l'existence.

— Docteur Perron, se présente-t-il.

— Commissaire San-Antonio.

Je lui produis l'éternelle photo.

— Vous connaissez ce monsieur, docteur ?

Il ne bronche pas.

— C'est un de nos pensionnaires...

Lorsque Robinson a vu radiner Vendredi, lui qui avait tellement envie de faire jeûne, il n'a pas été plus satisfait, plus soulagé et plus heureux que moi. Je touche au port, c'est rudement *bath*, vous savez !

— Je devrais plutôt dire : c'était un de nos pensionnaires, rectifie cet endoffé de frais, car il est parti hier matin !

— Quoi !

Du coup, mon bonheur se racornit.

— Parti ?

— Oui, son fils est venu le chercher...

— Un garçon avec de lourdes paupières ?

— Oui, vous le connaissez ?

— Je ne l'ai vu qu'une fois, mais il m'a beaucoup frappé.

Je passe deux doigt en crochet entre ma limace et ma pomme d'Adam, manière de faciliter le boulot de mes éponges.

— Il s'appelait comment, ce pensionnaire, docteur ?

— C'était un Suisse allemand nommé Buzler... Il avait perdu la mémoire à la suite d'un accident... Il n'était pas dangereux, mais son fils l'avait placé chez nous pour quelque temps avant de rentrer dans son pays car le malade avait besoin de soins...

C'est confus, tout ça. Je décide de passer le grand démêloir.

— Parlez-moi de lui, docteur, sur le plan médical. Sa blessure est-elle vraiment grave ?

— Elle l'a été ; maintenant il est hors de danger...

— Comment se comportait-il ?

— Il était du genre prostré. Il ne parlait pas et on devait l'obliger à manger.

— Pensez-vous qu'il ait vraiment perdu la mémoire ?

— Sans le moindre doute. Du reste, la nature de sa blessure en disait long... Je peux même préciser qu'il ne la recouvrera jamais.

— Parlait-il ?

— Pratiquement pas, et en tout cas pas en français...

— Son... fils savait-il qu'il était définitivement amnésique ?

— Nous le lui avons dit, mais il conservait de l'espoir... Il affirmait, ce qui du reste était désobligeant pour nous, que les médecins de son pays réussiraient le miracle...

Non, mais vous vous rendez compte, les gars ? Vous mordez bien où nous en sommes ? Les yeux morts de Munhssen ne venaient pas d'une cécité, pas non plus d'un éblouissement, mais, par le magnésium d'un flash, ils traduisaient son état mental... Ils reflétaient le désert de sa pensée.

— Comment était-il venu chez vous ?

— Notre infirmière-chef était liée avec la famille Buzler, c'est elle qui nous avait amené ce malade...

— Bien, il est parti avec... heu !... son fils... De quelle façon ?

— En voiture. Cette pauvre Mme Berthier les accompagnait. C'est peu après qu'elle a eu son accident.

Son accident ! Joli euphémisme.

— Vous avez aidé au chargement du vieillard ?

— J'accompagne toujours nos malades jusqu'à la porte ! se rebiffe-t-il.

Voyez-moi cette grande asperge ! C'est gland à chialer et ça se prend pour le gladiateur du patelin !

— Je ne peux qu'applaudir cette courtoise habitude, docteur. Dans quelle voiture est-il parti, était-ce une ambulance ?

— Non, une auto particulière. Pour préciser, une Ford Vedette d'un modèle périmé, noire...

— Nous y revoici.

— Pardon ?

— Excusez, je me parlais à moi-même... Vous n'avez pas repéré le numéro ?

— Non.

Je danse d'un pied sur l'autre pour chercher à équilibrer mes pensées.

— Le... fils du malade vous avait sans doute donné une adresse où le joindre en cas d'aggravation ?

— Non, il nous avait confié son père parce

qu'il était obligé de voyager. Il nous avait dit que si l'état empirait, leur amie, Mme Berthier, saurait qui il fallait alerter...

Décidément, ce Cazeck est un petit prudent. Il ne laisse rien au hasard...

J'ai de plus en plus envie de faire la causette avec lui.

— Vous permettez que je téléphone ?

— Je vous en prie.

J'appelle le burlingue. Dupied s'y trouve précisément.

— Ouvre tes manettes toutes grandes ! lui dis-je. Vous allez repartir au charbon, toi et les autres. Cherchez un certain Buzler, sujet Suisse. Faites tous les hôtels, toutes les pensions de famille. Demandez le concours des garnis car il s'agit de faire vite. Visitez les loueurs d'autos ou les marchands d'occasions. Cherchez qui a vendu ou loué, soit à un type aux paupières tombantes qui se fait appeler Buzler, soit à une fille blonde soi-disant nommée Kessmann une Vedette noire ancien modèle. Et que ça saute... Tenez-moi au courant minute par minute des résultats. Mobilisez les autres services, s'il le faut... Nous devons alpaguer ce polichinelle et il a vingt-quatre heures d'avance sur nous. Prévenez la police des gares, la routière... Tout homme correspondant à ce signalement et escortant un vieillard blessé au visage doit être immédiatement mis au frais, vu ?

Dupied a tout noté à la volée. J'entendais grincer son stylo sur le papier grenu de son bloc.

— Compris, chef !

Je raccroche.

— C'est si grave que ça ? demande le jeune toubib bilieux.

— Ça l'est davantage encore ! lui lancé-je en m'esbignant.

CHAPITRE XII

*JE DÉCIDE...
DE PRENDRE
UNE DÉCISION DÉCISIVE*

Ce qui fait la force de la grande rouquine, c'est son organisation, sa multiplicité, son obstination. Un homme qui a la police au derche ne peut pas grand-chose parce que trop de forces, trop d'hommes sont ligués contre lui.

Les choses ne traînent plus. Deux heures après mon coup de fil à Dupied, un bougre a retrouvé le garagiste qui a loué la Vedette. C'est un type de Péreire, spécialisé dans la location de voitures à la semaine et au mois.

Je fonce chez lui. Il s'agit d'un monsieur élégant qui n'a jamais eu une tache de cambouis sur les doigts. Il fait le beau dans un bureau cossu avec une secrétaire blonde à portée de la main et un téléphone blanc devant lui.

Il me reçoit on ne peut mieux, tout heureux d'offrir un intérêt pour la police.

Il me propose à boire, à fumer, et sa secrétaire pour un peu.

Il a loué l'auto à une demoiselle Kessmann, lundi matin. C'est donc pour aller récupérer son pote « les gros lampions » que la souris blonde a pris une voiture. Le véhicule a été loué pour la semaine.

Elle a produit son passeport et a versé une caution de cent mille balles.

— C'est une fille très jolie, affirme le loueur de ferrailles.

Là-dessus, la secrétaire pince les lèvres. Elle me paraît drôlement jalmince. Elle doit tenir à sa bonne gâche sur les genoux du patron.

— *O.K. !* Donnez-moi le numéro de la bagnole.

— C'est le 47 AA 75...

Je me retire, nanti du précieux renseignement. Je téléphone à la Routière en disant qu'on doit me retrouver le véhicule avant la fin de la journée. Le colonel qui dirige cet estimable service m'affirme qu'il va filer des ordres en conséquence. Tranquillisé, je peux souffler un peu. Je vois très bien maintenant comment s'est présentée la chose.

Lorsqu'à Caen Caseck s'est aperçu que la police se filait après lui, il a changé ses batteries en vitesse. Il est allé retirer le père Munhssen de l'asile, en compagnie de la veuve Berthier. Puis, pour éviter une indiscrétion de celle-ci, l'a butée.

Parfait. Seulement, je me demande pourquoi ce gars-là s'obstine à traîner un vieux savant amnésique... Voilà qui est troublant.

Il y a beaucoup d'autres choses que je pige mal, du reste. Par exemple, la raison du séjour en

France de Munhssen. Puisque son état n'était plus alarmant, pourquoi ne l'a-t-on pas conduit tout de suite là où il devait aller ? Ensuite, s'il avait totalement perdu la mémoire, comment se fait-il qu'il ait pu annoncer son départ autour de lui avant de quitter Fredericia ? Et de plus, il aurait écrit à sa fille... Décidément, c'est la super-bouteille à encre, le modèle géant, le plus économique pour les familles nombreuses.

Je crains que mes lascars n'aient réussi à s'évacuer vers des continents perdus. En vingt-quatre plombes, on fait du chemin... Même en coltinant un vieux crabe empêché du cigarillo. Car il a fallu que ça soit le méchant sauve-qui-peut ! La fille blonde s'est barrée de son hôtel. Caseck a récupéré le Danois et liquidé sa complice française... Que nous reste-t-il, outre leur signalement ? Un nom d'emprunt, comme dirait Ramadier. Et le numéro d'une bagnole... Mais il est fastoche de changer de blaze et de voiture. Ce Caseck est un renard trop méfiant pour continuer à se baguenauder avec un nom repéré et une tire dont l'immatriculation est connue...

Effectivement, tandis que j'engloutis une choucroute à la brasserie d'en face, on vient m'annoncer que la Vedette a été retrouvée près de Malakoff... Elle a été abandonnée la veille dans une petite rue...

Ce que j'en ai marre de ces giries ! Passez-moi l'aspirine ! Mes archers font des gueules d'enterrement.

Et avec ça, Bérurier qui n'a toujours pas donné

signe de vie... Je me prends la mappemonde à pleines pattes.

Oh ! mais... Attendez, je commence à gamberger. Voilà bientôt deux jours que le Gros a disparu. S'il était mort, on aurait retrouvé sa carcasse... S'il était libre, il aurait donné signe de vie. Pourquoi ne l'aurait-on pas escamoté ? Attendez toujours... Pendant que j'y suis, je vais vous faire bénéficier de mon phosphore, j'en serai quitte, après, à sucer des allumettes.

Je flaire un fil conducteur... Vous m'objecterez que j'en empoigne des tas depuis quelques jours, seulement, que voulez-vous ? Les autres sont en soie et cassent dès que je les saisis.

Je suis une patate, voilà. Cet aveu libère ma conscience... Je commence à gamberger, et puis je saute sur le détail qui me botte sans pousser mes évolutions. J'ai tort. Si je prends l'affaire à son départ, du moins vis-à-vis de nous, qu'y a-t-il eu à la base de tout ? Un vol d'appareil photographique. Où l'a-t-on volé ? Dans une gare. Donc, la fille blonde partait avec cet appareil uniquement pour montrer les photos non développées qu'il contenait à quelqu'un... Vous me suivez ? Tenez bon la rampe. La preuve qu'elle ne partait que pour ça, c'est qu'elle est restée quand elle a constaté la disparition de sa valise. Ceci est bien établi, hein ? Pas d'objections ? D'ac, je continue. Maintenant, pourquoi entreprenait-elle un voyage afin de véhiculer des photos non développées alors qu'il était si simple de tirer la gueule du vieux Danois et de l'expédier par la poste ? Hein, pourquoi ? Vous êtes là à bâiller comme des carpes et à rouler des boules de loto qui fileraient le traczir à un poisson chinetoque ! Vous me faites pitié, tenez ! Je me demande des fois comment vous faites pour gagner votre bœuf, avec un cerveau pareil à du chewing-gum trop mâché !

C'est malheureux ! Je vais donc vous le dire, moi, pourquoi cette déesse que je n'ai pas l'honneur de connaître agissait de la sorte. C'est uniquement parce que les photos devaient passer une frontière et que tous les postes frontaliers du monde avaient le signalement de Munhssen. Si jamais par un hasard malheureux où à cause d'un douanier trop zélé, lesdites photos étaient repérées, ça allait chauffer. Donc, la fille transportait simplement les pellicules impressionnées... Vous commencez à entraver pourquoi ? Non ? Alors vous êtes plus crêpe que je ne le supposais... Dans l'appareil photographique, les pellicules ne pouvaient pas être trouvées. Parce que, mes petits brachicéphales, de deux choses l'une : ou bien les douaniers n'ouvraient pas l'appareil et les images passaient... Ou bien ils l'ouvraient et elles étaient anéanties par la lumière, vu ?

Ce qu'il est marle, ce San-Antonio, tout de même. Y a pas, je suis un cas ! Quand ça atteint ce degré-là, on présente le sujet en Sorbonne et devant les scalpés de l'Institut !

Maintenant, si vous voulez boire un petit vulnéraire, maniez-vous le prose car je vais continuer la démonstration. Ça y est ? J'enchaîne !

On a chouravé l'appareil photo vendredi dernier. Donc, à cette date, il n'était pas du tout question que le père Munhssen soit embarqué.

Son transfert à l'étranger n'était pas prévu. S'il s'avère si délicat, il est probable que Caseck n'est pas parti avec son pensionnaire. Et la preuve, c'est qu'il a pris le risque énorme de tuer la mère Berthier, son ancienne poule. Pourquoi ? Parce qu'elle savait où logeait Caseck, donc où il allait se terrer avec le vieux. Le Tchèque s'est douté que nous remonterions jusqu'à l'infirmière et il a préféré s'assurer de son silence.

En ce cas, s'il possède à Paris une retraite sûre, pourquoi la fausse *miss* Kessmann logeait-elle à l'hôtel ?

Je carbure, les mecs... Je carbure... Ne bougez pas, retenez-vous de tousser et finissez de peloter vos bergères, ça me distrait !

C'est nettement la méchante aurore boréale que j'entrevois, cette fois. Ces zigs, les deux équipiers, croyez-moi ou allez vous faire éplucher l'agrume, m'est avis qu'ils sont en train de mijoter un drôle de coup farci contre ceux-là même qui les emploient. Ils ont dû décider de se mettre le vieux au frais pour leur compte personnel. Peut-être qu'ils en négocient la vente ailleurs, tout comme s'il s'agissait d'une marchandise. Oui, ils l'ont kidnappé, mais, au lieu de l'embarquer à destination, ils ont préféré l'interner aux Rosiers avec la complicité de la mère Tapedure. Ils ont dit à l'Organisation qu'il était intransportable. Les autres se sont inquiétés. Ils ont alors pris une photo de Munhssen pour leur montrer qu'ils disaient vrai... Et puis cette photo a été le début de leurs ennuis.

La pseudo Kessmann logeait à l'hôtel pour ne pas révéler leur véritable retraite aux autres, car ils prévoyaient le cas où ils seraient obligés de soustraire le savant aux recherches... Mais, oui, tout concorde... Maintenant j'en suis absolument certain, les deux équipiers agissent pour leur compte personnel. Il faut croire que l'enjeu en vaut la chandelle car ils ont contre eux, non seulement la police française, mais encore « les autres ».

Je suis en transe, littéralement. J'ai un don de visionnaire, c'est certain ; à côté de moi, le Grand Robert ressemble à l'O.N.M. Je suis certain que mon équipe de foies blancs n'a pas quitté Pantruche. Oui, ils sont là, tous : Caseck, la fille blonde, Munhssen... Je les sens, pas loin. Quelques blocs de maisons, quelques centaines de mètres peut-être nous séparent... Ils ont la *bath* planque... Est-ce une maison perdue au fond d'un parc ombreux ? Est-ce un sordide logement de la zone ? Un hôtel particulier du Bois ? Une auberge des environs de Paris ? Mystère et friction à la gelée de groseille !

Peut-être qu'un sourcier avec sa baguette magique pourrait me rancarder ?

Le standardiste pénètre dans mon bureau...

— Monsieur le commissaire, un nouveau message de Pinaud...

Je prends le papier et le parcours.

« Suis arrivé Copenhague, stop. Fille Kessmann était service savant nommé Munhssen, stop. Munhssen disparu mystérieusement, stop. Pars pour Fredericia, stop. Nourriture danoise trop sucrée, stop. Téléphone à Mme Pinaud pour qu'elle fasse ressemeler mes chaussures jaunes pendant mon absence, stop. Amitiés malgré ton dernier message.

Inspecteur principal Pinaud.

Je ne sais pas pourquoi, mais ces mots tracés hâtivement par le réceptionniste me chauffent le cœur.

— Une réponse ? s'informe celui-ci.

— Oui.

— Je vous écoute, monsieur le commissaire.

« Inspecteur principal Pinaud, aux bons soins de la police de Fredericia, Danemark.

Enquête approfondie sur Munhssen, stop. Renseigne-toi pour savoir s'il avait ou non perdu la mémoire suite accident, stop. Manie-toi la rondelle.

Commissaire San-Antonio.

— Ce sera tout, monsieur le commissaire ?

— Pour l'instant, oui !

Je le congédie et j'appelle Favier, l'incendie humain, le Van Gogh fait homme... Il ne met pas longtemps pour dévaler les deux étages qui s'interposent entre nos antres.

— Du nouveau ?

— Ne me parlez pas, ne me questionnez pas. Je suis en équilibre avec mon système nerveux.

Je lui donne la photo trouvée chez la mère Berthier et qui la représente pendant la guerre aux côtés de Caseck.

— Puisque vous êtes un champion de la photographie, mon petit Favier, vous allez faire un travail d'art.

— A votre disposition.

— Prenez cette photo, isolez-moi l'homme. Agrandissez-moi la tête de l'homme au maximum. Ensuite, retouchez-la légèrement pour le vieillir un peu et rephotographiez-la...

— Compris...

— Il vous faut longtemps ?

— Non, je vais me faire aider... Ne bougez pas d'ici...

Il s'en va. Le Vieux me fait mander sur ces entrefaites. Il me pèle le haricot. Je fais répondre par le standard que je viens de sortir et je poursuis mon numéro de haute voltige cérébrale.

Lorsque j'aurai la photo, je pourrai la publier en première page des journaux avec un titre : « On recherche cet homme. » Je suis certain que les témoignages afflueront, seulement, il faudra un temps inouï pour les vérifier... Et puis Caseck prendra les jetons en se voyant démasqué ! Il essaiera de filer ou bien, poussé dans ses ultimes retranchements, butera peut-être le père Munhssen... Il n'est pas à un meurtre près...

Je clos mes paupières et je pique une somnolence. C'est le fameux « relaxe » qui nous vient d'outre-Atlantique avec le Coca-Cola et les armes nucléaires. Ça repose singulièrement le couvercle.

Je passe plusieurs minutes dans cette pose prostrée. Et, malgré l'inertie de ma pensée, ça continue de turbiner là-dessous. En filigrane, je continue de réfléchir.

« Mon petit San-Antonio, mon bijou, mon chéri..., pensé-je, tu as toujours dénoué les écheveaux compliqués, toujours résolu les problèmes les plus casse-bol, alors tu vas te choper par la menotte et te forcer à conclure... Tu n'es pas bonnard pour le travail en grosse équipe. Toutes ces forces policières que tu déclenches ne te serviront à rien... C'est toi tout seul qui vas dégauchir la vérité. La vraie, celle qui dégage la grosse lumière...

Toc-toc ! Qui qu'est làga ? C'est re-Favier avec ses tifs en feu d'artifice et ses pauvres doigts bouffés par les acides. Il me tend une photo.

— Ça va comme ça, commissaire ?

Je zieute. Formide ! On dirait une photo en direct de Caseck-les-mahousses-cocardes.

— Encore un beau boulot, Favier...

— Merci...

— Tirez-en un paquet, ça va peut-être servir.

Je chope l'image et la pose sur le verre de ma lampe de bureau, j'allume, bien qu'il fasse jour, pour hâter le séchage.

Après quoi, je tube au commissariat de Malakoff pour demander si la voiture abandonnée est toujours en place. On me répond que oui, vu qu'il n'y avait pas d'instructions. Je dis de ne rien toucher et je me renseigne sur son emplacement exact. C'est devant le 18 de la rue de la Tour.

La photo est pratiquement sèche. J'arrache un morceau de buvard sur mon sous-main pour la plier dedans. Il m'arrive d'être méticuleux, vous voyez...

CHAPITRE XIII

DES FILS... A RETORDRE

La rue de la Tour est une petite voie étroite dans un quartier mité, au-delà des boulevards extérieurs. On y trouve de vieilles masures, des hôtels particuliers délabrés, des arbres rabougris, des jardinets flétris et une population mêlée, composée d'artistes, d'Arabes, de vieilles bonnes femmes et de marmots sales.

J'aperçois la Vedette abandonnée. Elle est rangée dans un renfoncement de façon très orthodoxe.

Les portières ne sont pas verrouillées. L'intérieur est pourvu de housses en plastique bleu... Bien entendu, je fouille la boîte à gants, mais je n'y trouve qu'une peau de chamois cradingue, une bougie usée et une boîte d'allumettes.

C'est chétif. Notez que de la part d'un renard comme Caseck, je n'espérais pas trop trouver son adresse écrite à la craie sur la banquette. Il n'y a pas non plus d'indice sur le plancher ou sous les sièges... Rien, rien... Du reste, ces voitures de louage sont désespérément anonymes.

Eh bien ! attaquons. La Vedette représente mon dernier lien avec EUX. Caseck est venu l'abandonner là, puis il a disparu... A moi de retrouver le sinistre personnage.

Je sors de l'auto et regarde autour de moi. En face de la voiture, de l'autre côté de la ruelle, il y a une toute petite maison. Une de ses fenêtres donne sur la rue. Elle est située au rez-de-chaussée. Je vais cogner au carreau. La fenêtre s'ouvre, et une dame paraît. C'est la brave mère de famille. Elle ressemble à Bécassine et elle a un nez comme un champignon de Paris.

— Excusez-moi, fais-je en lui présentant ma carte.

Elle murmure « Police » d'une voix pâmée. Son vieux achète *Le Parisien* tous les matins en allant au charbon et on y parle beaucoup de la Rousse.

— Qu'est-ce qu'il y a eu ? fait-elle.

Elle se tourne vers l'intérieur de l'humble logis et demande d'une voix angoissée :

— Tu t'es encore battu, Léon ?

Je découvre alors, dans le clair-obscur qui envahit la pièce, une sihouette d'homme attablé.

— Vous permettez que j'entre ? demandé-je d'un ton courtois. Nous serons mieux pour parler.

— Je vous en prie, fait la femme, seulement l'entrée se trouve dans l'autre rue.

— Inutile !

— Je fais un rétablissement et en deux temps, deux mouvements, j'atterris dans la cuisine. Ils n'en reviennent pas. Il y a là le père, un zig au visage cabossé et au teint rouge et un gamin rigolard qui joue avec une petite auto sur le parquet.

— J'enquête au sujet de l'auto stoppée devant chez vous, dis-je. Elle a été abandonnée là par un type qui nous intéresse beaucoup et que nous voulons à toute force retrouver... Avez-vous vu l'homme qui est sorti de l'auto hier matin ?

— Moi, oui, fait le mari.

Je lui présente la photo de Caseck.

— Est-ce lui ?

— Mais oui ! Je finissais de me donner un coup de peigne là, devant la fenêtre...

Je regarde dans la direction indiquée et j'aperçois un miroir fixé à l'espagnolette de la croisée.

Le brave homme reprend.

— Le type en question est descendu de l'auto... Il s'est mis à regarder dedans, par terre, puis à l'arrière, comme s'il cherchait quelque chose...

— Il ne cherchait rien, expliqué-je, il s'assurait, au contraire, s'il n'oubliait pas quelque chose...

— Ah ?

— Oui... Vous n'avez pas attendu pour voir dans quelle direction il partait ?

— J'ai pas attendu, mais une minute plus tard je suis parti prendre l'autobus et je l'ai vu qui prenait un taxi porte de Vanves... A la station.

Je sursaute.

— Vous êtes certain que c'était lui ?

— Ben ! Je m'ai dit qu'y devait être en rideau avec son os... Il portait un pardessus marron et un chapeau noir...

— Oui, c'est bien ça... Quel genre de taxi a-t-il pris ?

— Je vais vous le dire, parce j'ai l'œil observatoire : c'était une 403 noire avec écrit dessus, en jaune, Taxi-Radio, vous savez... Y en a quèques-uns en circulation maintenant.

Je bondis.

— Vous seriez rasé de frais je vous embrasserais, mon vieux !

Ça ne lui plaît pas.

— Faut pas chercher le bonhomme ! tonne-t-il en frappant la table du poing.

Sa vieille le calme. Il est nerveux, le gars...

J'extrais un billet d'un sac et je le cloque au pilon en lui disant de se payer la D.S. 19 avec. Puis je fonce...

J'enjambe à nouveau la fenêtre.

— Faut pas se gêner, rouscaille l'irascible ouvrier. Ah ! les perdreaux, je vous jure qu'y sont d'un sans-gêne ! Donne-moi c't'argent, Riri, tu n'saurais pas quoi en foutre !

***

Au central des taxis-radios, on lance un appel général pour demander au chauffeur conduisant une 403 noire ayant chargé vers 8 heures du matin, la veille, un quidam portant chapeau noir et pardessus marron de se faire connaître *illico*. Ça ne traîne pas. Moi, je la trouve merveilleuse, l'invention. A peine le speaker s'est-il tu que l'intéressé décroche depuis sa bagnole.

— Ici 55, fait-il, c'est moi qui ai pris l'homme.

— Arrivez tout de suite... Police !

— J'ai un client à déposer à l'Alma... J'y serai dans dix minutes...

Effectivement, douze broquilles plus tard, je vois paraître un grand costaud aux tempes grisonnantes portant un blouson beige à col de laine. Il est sympa, le chauffeur.

Je le salue et lui propose l'image de Caseck.

— Gi ! fait-il. C'est le type...

— Où l'avez-vous conduit ?

— Rue Cambronne... A l'angle de la rue de Vaugirard...

— Et puis ?

Il me regarde.

— Et puis c'est tout. Il m'a payé, j'ai relevé mon drapeau...

— L'angle des deux rues, c'est pas un terminus... De quel côté s'est-il dirigé ?

— Pas fait attention...

Enfin, c'est toujours ça... Caseck n'allait pas se faire stopper devant sa crèche. Il a probablement pris un taxi ou bien le métro pour déjouer les recherches.

— C'est bon, je vous remercie... Voici pour votre dérangement.

Second bifton d'un sac à porter sur ma note de frais. Je ne suis pas de ces flics qui font une réputation de pouillerie à la police.

Le costaud du volant enfouille l'artiche, assez éberlué.

Je salue ces messieurs des Taxis-Radios et je poursuis ma ronde aveugle. J'ai déjà avancé quelque peu... En tout cas, me voilà confirmé dans ma certitude : la bande n'a pas quitté Paris.

Je roule à la paresseuse jusqu'à la rue de Vaugirard, je stoppe à l'angle de la rue Cambronne (un type auquel je pense beaucoup, ces temps).

Ayant réussi à garer mon auto, je fais un rapide tour d'horizon.

J'avise une vieille marchande de biftons de la Loterie. La dame glapit que nous sommes un 13 et elle lance cette remarque sur un ton qui signifie « ceux qui ne prennent pas un billet ne sont que des tordus ! »

Je m'approche, j'achète un numéro se terminant par 8, mon chiffre clé et je lui montre simultanément ma carte et la photo.

— Dites voir, petite dame, il faut que je retrouve un citoyen à tout prix. Je sais qu'il s'est fait conduire ici hier matin, avant 9 heures. Il est descendu d'un taxi-radio, ça ne vous dit rien ?

Ses gobilles pendent sur la photo comme les médailles d'un ancien combattant qui se baisse pour rattacher son lacet.

— Non, dit-elle. Je n'ai pas remarqué. Je ne sais pas si vous vous rendez compte...

Elle a un geste demi-circulaire pour me faire apprécier la foule qui l'environne. En effet, je crois un peu aux mouches. J'ai trop confiance en le hasard... Ça me perdra...

— Il avait un pardessus marron et un chapeau noir, insisté-je.

Elle sourit.

— Tiens, ça me dit quelque chose... Oui, un type qui est descendu d'un taxi. En payant, il a laissé tomber une pièce de monnaie de sa poche et il ne s'est pas seulement baissé pour la ramasser... 9 heures, vous dites ?

— Un peu avant ?

— D'accord... C'est lui ; moi, je buvais mon Viandox... Tous les matins, le garçon du bistrot d'en face m'en apporte un...

— De quel côté est-il allé ?

Elle montre la rue Cambronne.

— Il a descendu la rue...

— Merci...

— Ça peut vous aider ? demande-t-elle, intéressée.

— Beaucoup, fais-je sincèrement. Il y a une station de taxis, non loin de là, il n'a pas pu ne pas la voir... Il y a également des stations de métro. S'il les a toutes dédaignées c'est que... C'est que son lieu de destination n'était pas éloigné...

Je fais un signe de tête accablé. Plus j'approche du but, plus je désespère... Maintenant, je ne vais pas pouvoir continuer seul. Que faire ? Je ne peux pas aborder les gens pour leur demander des nouvelles de Caseck. Jusque-là, il a été repéré parce qu'il accomplissait des actes précis, relativement repérables, tels que ceux consistant à fouiller une auto, prendre un taxi-radio et perdre de l'argent en payant la course... Mais maintenant ? A moins qu'il n'ait marché sur des échasses ou jonglé avec des casquettes, personne n'a pu prendre garde à lui... Seules mesures à prendre : mobiliser une troupe de poulets avec mission de visiter toutes les concierges du quartier pour leur soumettre la photo de Caseck.

C'est bon, puisqu'il faut agir ainsi, agissons ainsi...

J'entre dans la première brasserie venue et je commande un blanc-cassis (mon vice). Quand j'ai éclusé l'aimable breuvage, je descends au sous-sol parce que le mot téléphone, souligné d'une flèche est placé en haut d'un escalier.

La dame des toilettes rajuste sa jarretelle, ce qui m'ouvre une perspective sur sa cuisse potelée et ses dessous d'un bleu azuréen.

— Pourrais-je avoir un jeton ? demandé-je, non sans une gauloise arrière-pensée.

Elle me montre alors un carton sur lequel elle a tracé les deux mots « En dérrangement ».

— Il ne faut qu'un r à dérangement, lui dis-je.

Elle bigle son écriteau.

— Mais je n'en ai mis qu'un ! proteste-t-elle.

— Aussi permettez-moi de vous féliciter !

Je m'en vais tandis qu'elle se demande anxieusement si je suis tombé sur la tête ou si c'est congénital.

Rien ne m'horripile plus que de pénétrer dans un troquet avec l'intention précise de donner un coup de grelot ou de faire pleurer le gosse et d'y trouver le bigophone détraqué ou les ouatères condamnés.

Je décide de tenter ma chance ailleurs. Tous les espoirs me sont permis puisque nous sommes le 13.

Je cherche un autre établissement en accord plus parfait avec les P.T.T. lorsque je me rappelle que le gros Bérurier pioge rue Blomet. Je vais profiter de l'occasion pour aller interviewer sa baleine, des fois qu'elle aurait des nouvelles ? De chez elle, je tuberai à mes valeureux collègues. Pourvu que Favier ait tiré assez de portraits !

CHAPITRE XIV

DISTRIBUTION DE LOTS

Je carillonne à la porte des Béru. Ils ont un coquet petit trois pièces Henri II avec vue sur la cour qui gagne le cœur. Un assez long moment s'écoule, je m'apprête à évacuer le terrain, pensant que la pétasse du Gros est absente, lorsque l'huis s'entrebâille.

La vioque à Béru glisse une portion de mufle par l'ouverture. Elle est grasse, fardée, frisée, baleinée, équipée pour ravager les quinquagénaires qui s'en ressentent pour manœuvrer les forts calibres.

— Salut, madame Bérurier, fais-je joyeusement. Comment va ?

Je m'avance. Ma visite ne semble pas lui faire plaisir outre mesure, bien qu'elle ait toujours essayé de me vamper lorsque nous nous rencontrions.

Son œil contient un je ne sais quoi de flottant, de trouble, qui m'inquiète.

L'ai-je surprise au moment où le coiffeur lui

chantait l'*Introduction* du Grand morceau de Faust ? Ça n'est pas impossible...

Elle s'efface avec regret et j'entre dans le vestibule des Béru.

— Je ne vous dérange pas trop ?

— Mais non...

Ça ne part pas du cœur. Je perçois un vague bruissement dans la pièce voisine et je retiens un sourire. Je ne me suis pas trompé, la grosse vachasse était en train de se faire masser le grand sympathique. Inutile de m'attarder sous le toit de l'adultère...

— Dites voir, votre bonhomme ne vous aurait pas donné signe de vie par hasard ?

— Non, dit-elle... Pourquoi ?

Elle ne paraît pas surprise le moins du monde. Elle est amorphe. Est-ce qu'en plus du zizi-panpan elle se droguerait ?

— Enfin, vous avez dû vous apercevoir qu'il a disparu, non ?

— Dame, je le croyais en mission, vous êtes venu le chercher, l'autre matin...

— Vous ne l'avez pas revu depuis ?

— Non.

— Il n'a pas téléphoné ?

— Non plus...

Elle attend. Je parie qu'elle aimerait être veuve, la pétroleuse. Les bonnes femmes sont comme ça. Rien dans le cœur, sinon le mec du jour ! Le passé ? Il est passé ! Les souvenirs ? Elle les vivra demain !

Furax comme un suppositoire fourvoyé dans une bonbonnière, je lâche :

— Bon, du moment que vous trouvez ça bien, bonsoir ! Si on retrouve sa carcasse on vous fera un paquet !

Et sur cette invective, je disparais.

Je quitte l'immeuble, tourne le coin de la rue, entre dans un café pour enfin lancer mes ordres... Et voilà que je tombe en arrêt devant le portemanteau de l'établissement. C'est bizarre, mais il me dit quelque chose... Il y a le même chez Bérurier, dans l'entrée... Oui. Et...

Ça vous est déjà arrivé de prendre un malaise parce que vous avez une grosse surprise ? Moi, il me semble que le sol part en avant... Je n'ai que le temps de m'agripper au rade et de murmurer : « Un rhum » d'une voix mourante que le loufiat a de la peine à capter.

Il m'allonge un Négrita. Je le fais suivre à mon adresse privée. Et mon malaise fait place à de l'euphorie.

Au portemanteau des Béru, j'ai vu une veste. Et cette veste, je suis certain que le Gros l'avait lorsque nous nous sommes quittés, la dernière fois. Elle est marron, avec des taches de vin, les revers cassés et la doublure qui dépasse.

Alors ? Pourquoi la mère Béru m'a-t-elle bourré le mou ? Je casque mon orgie et je fais demi-tour. Au galop je grimpe les étages. Je parviens devant la porte de l'appartement et je tends l'oreille. Dans une pièce du fond des gens parlent. Je tire mon petit sésame-ouvre-toi, avec des gestes de prestidigitateur chinois, je l'introduis dans la serrure... J'agis lentement, en m'efforçant de ne pas trembler. Je tourne molo molo pour faire jouer le pêne. Ça grince un poil, mais je pense être seul à percevoir ce bruit.

Enfin la serrure est libérée de toute obligation militaire et je n'ai plus qu'à délourder. Vous savez tous que pour ouvrir une porte sans la faire grincer, il convient de la soulever en poussant. Grâce à ce procédé connu, j'entre en silence. Au prochain bal masqué de la marquise de Bouremoilœil, c'est dit, je me déguise en minute de silence, et j'irai faire des extra quand les porteurs de gerbes iront déposer les végétaux de saison sur la dalle sacrée.

Je ne relourde pas afin d'éviter de faire du chahut. On parle dans la pièce du fond... On chuchote, plus exactement. J'y vais à pas menus. J'extirpe l'ami Tu-Tues de sa gaine de cuir, je lève le cran de sûreté, puis, à la volée je délourde.

Ah mes petits camarades, ce spectacle !

Ce qui me frappe avant tout, je crois que c'est l'odeur. J'ai le sens olfactif tellement développé que je sens pour les gens qui ne se sentent pas bien. Ici ça chlingue la chambrée ! Faut dire qu'il y a du populo. Sur le pageot de la dynastie Bérurière, repose Munhssen... A terre, ficelés, cabossés, contusionnés, sanguinolents gisent mon gros lard de Béru et son colitier le coiffeur... Caseck est en train de discuter le bout de gras avec la mère Béru tandis que la fille blonde (beaucoup plus jolie qu'on ne me l'avait décrite, soit dit entre nous et le carrefour Richelieu-Drouot) prépare une seringue...

J'ai du succès avec mon Walther.

— Les mains à la verticale ! dis-je d'un ton qui admet difficilement la réplique.

Ils ont tous sursauté, du moins ceux qui pouvaient se le permettre. La mère Béru est verdâtre... Caseck, sans remonter ses stores, me regarde par une mince fente sous ses paupières.

Ce qui complique un peu ma suprématie stratégique c'est que je dois surveiller à la fois la blonde et Caseck, et ceux-ci se trouvent chacun à une extrémité de la pièce.

Je tiens ma pétoire braquée en particulier sur Caseck.

— Mon enfant, fais-je à la fausse *miss* Kessmann, ayez l'obligeance de vous mettre près de votre ami Caseck.

L'autre l'a mauvaise en entendant son vrai blaze. Il doit se dire que j'ai fait du chemin.

La fille blonde n'a pas bronché.

— Dites, fillette, murmuré-je, je crois vous avoir parlé...

Je pointe le canon de mon distillateur de fumée dans sa direction. Je perçois un cri. C'est la mère Béru qui l'a poussé. Elle a de bonnes raisons pour cela. Cette pourriture de Caseck a profité de ce que j'interpellais la fille blonde pour se précipiter derrière la femme de mon pote et l'utiliser comme paravent chinois. Elle a une surface portante tellement importante, la gravosse, qu'il disparaît derrière elle, comme un homme serpent derrière un pilier d'église. Et il fait fissa pour défourailler, je vous le jure ! En moins de temps qu'il n'en faut à un hôtelier pour majorer une note de douze pour cent il m'envoie sa bonne camelote. Heureusement pour moi, j'ai eu le réflexe de me jeter sur le parquet. Je vois des trous se former dans le plancher à quatre centimètres de mon blair. Ah ! je vous avoue que je les ai à la sauce anglaise ! Je prends des particules de bois dans les roberts...

— Espèce de sale tante ! je rugis en redressant ma sulfateuse.

— Tirez pas, Antoine ! brame la mère Bérurier...

Ça me rapelle à la raison. Si j'envoie le potage, elle en dégustera sa cuillerée, la mère Dutrognon ! Je peux pas faire ça à ce cocu de Béru !

Caseck s'est arrêté de tirer parce qu'il est gêné par sa vache protectrice. Là-dessus, pendant les deux secondes de répit, la souris blonde veut jouer les Cavalières Elsa. Elle s'empare d'un bronze à la noix représentant un joueur de tennis et s'approche de moi pour me faire sauter la malle arrière. Je vois venir la prune et je fais un mouvement de retrait... Le bronze percute le lambris du mur et le malheureux joueur de tennis, qui en a vu d'autres, se tord la raquette.

Moi, pas folle pour une guêpe, je profite de ce que la môme est penchée pour lui empoigner la tignasse. D'un geste brusque, je la ramène contre moi. Maintenant j'ai aussi mon baudrier. Elle gigote et rouscaille, mais le San-Antonio est une mécanique solide.

Je la tiens plaquée devant moi et je lance à Caseck...

— Sors tout de suite de derrière ton tas de viande ou j'emplâtre ta morue !

Je ne sais pas s'il comprend un français aussi savant. En tout cas, il a la réaction lente. Moi, je trouve que je me fais vioquard ! Bon Dieu, quoi, les coups de pétoire ont dû ameuter la caserne, non ? Surtout que j'ai laissé la lourde ouverte. Qu'est-ce qu'ils attendent, les voisins du Gros pour jouer « V'là l'régiment qui passe » avec le précieux concours de la garde républicaine, hein ? Est-ce qu'ils auraient les chocottes, ou bien se sont-ils farci les portugaises à la cire à cacheter ?

Peut-être, tout simplement, regardent-ils le journal parlé à la Télé et, comme on leur montre une guerre quelconque, ils confondent, les pauvres anges ! En attendant qu'est-ce que je maquille, moi, avec ma sauterelle qui remue du valseur sur mes sensibles ? Et l'autre tordu de Caseck avec son bouclier de viande ?

— Alors, Caseck, lancé-je, on se fait cuire une escalope ou on va prendre le train ? Qu'est-ce que tu espères, hein, Trésor ? Tu ne crois pas que ton compte est bon ?

Je passe la main sous l'aisselle de ma proie. Je vise le haut de la fenêtre et je presse la détente. Le carreau fait des petits... Là, il se trouvera bien un glandulard dans la *strasse* pour monter voir ce qui se passe ou pour prévenir le guet !

Mais je pige pourquoi personne ne radine. Juste en dessous, il y a un bal nègre... et ça fait un boum-boum fracassant. Ils commencent tôt, les négros...

— Jette ton feu, Caseck...

Il le jette, mais en pièces détachées. Pour commencer ce sont les pruneaux qu'il m'envoie. Il se voit foutu, il sait qu'il a rien à espérer, alors il tente l'impossible. La fille blonde cesse de ruer et devient toute chose contre moi. Elle a étouffé les pralines au passage... Moi, j'éprouve une cruelle morsure au côté. Cette vipère lubrique m'a touché malgré mon cataplasme humain... Je pousse la blonde en avant. Deux pralingues viennent à sa rencontre... Je cours droit à la mère Béru, laquelle pousse des cris qui fendillent le marbre de la cheminée. La prise de contact est sévère. Je file un coup de boule dans l'estome de la vioque pour l'obliger à tomber. Elle fait couac et s'écroule comme une bouse de vache. Me voici face à face avec le Tchèque.

Il est en train de mettre un chargeur de rechange dans son appareil distributeur. Il est tellement fébrile que sa main sucre les fraises. Il lève le pétard par le canon, voyant qu'il n'aura pas le temps matériel de le recharger. La massue, c'est son violon d'Ingres. Je prends un gnon qui m'arrache le cuir au-dessus de l'oreille gauche. Il me semble que je viens de recevoir l'*Empire State building* sur la margoulette. Ça vrombit sous mon bol. Une gerbe d'étincelles éclaboussent ma raison. J'ai droit à la chandelle romaine et au grand soleil en supplément de programme. Je titube, mais la rage, la soif de vivre me font surmonter cette défaillance. Je m'annonce droit sur le mec. J'ai mon pétard à la hauteur de ma hanche. Je l'y tiens fortement plaqué pour que ça me serve de support, et je défouraille à tout va. Caseck se met à prendre une drôle de frime. Ses sacrées paupières de crapaud se soulèvent un peu, découvrant un regard blanchâtre.

Puis il marmonne je ne sais quoi dans je ne sais quelle langue et s'adosse au mur... Pendant qu'il joue son baisser de rideau, je récupère. La pièce est pleine de fumaga et ça pue la poudre maintenant. Caseck a un léger hoquet. Il essaie d'attraper son ventre, mais il ne termine pas son geste et bascule de côté en raclant le mur. Bon baiser, à mardi, caresse aux enfants ! Il est *out !* Et même septembre et octobre ! Je suis maître de la situation. La brouette à Béru est évanouie.

Je m'approche du Gros. Il ne lui reste qu'un œil de disponible, mais il s'en sert pour examiner la situation. J'arrache son bâillon et tranche ses liens avec des ciseaux qui se trouvent sur la table de chevet.

Ils l'ont réparé, mon collègue !

— Te voilà bien de ta personne, Gros, fais-je tristement.

Il lui manque son dentier, plus une molaire qui était restée fidèle au poste. Il a un œil fermé, les lèvres éclatées, le nez écrasé et le front plus cabossé qu'une casserole ayant servi de ballon de *foot* à des poulbots.

Il gémit :

— T'es un homme, San-Antonio.

— Ça fait une moyenne, rouscaillé-je, car comme lavement on ne fait pas mieux que toi…

— Et ma femme ? soupire-t-il…

— T'as pas de pot, Gars, elle n'est qu'évanouie…

Il veut parler, mais je lui fais signe de ne pas moufter… Je délivre M. le pommadin qui, fraternellement uni à Béru, offre la même pauvre gueule ravagée. Après quoi je regarde Munhssen… Il est dans un état comateux… Il porte un pansement à la tête et ses yeux ouverts ont la même inexpression que sur la fameuse photo qui a tout déclenché.

J'ai idée qu'il va avoir besoin de soins éclairés, ce pauvre homme.

A ce moment, apparition de messieurs les cyclards enfin alertés par un voisin moins sourdingue. Ils ont le pétard au poing. Je m'empresse de leur crier qui je suis car, à la vue de ce carnage, ils sont prêts à distribuer leurs bons points au premier qui bougera. Ma personnalité les ramène au sang-froid.

— Que s'est-il passé, monsieur le commissaire ?

— Vous lirez la suite demain, dans les journaux dignes de ce nom ! Prévenez les ambulances du quartier et faites soigner tout ce populo d'éclopés…

— Bien, monsieur le commissaire.

Je me sens tout bizarre. Ça doit être cette éraflure au côté… Je… Je… Je…

CHAPITRE XV

BÉRURIER S'EXPLIQUE

Un régiment passe...

Il défile dans mon crâne et sa marche est scandée par un tambour. J'ouvre les châsses et j'avise, au bord de mon lit, Favier, le volcan humain en éruption.

Il me sourit.

— Nous sommes tout de même arrivés à nos fins, dit-il...

Tout en me parlant, il joue une marche sur le bois de ma table de chevet et ce martèlement rythmé m'emplit la calbombe d'un vacarme affolant.

« Nous ! » Il a des pluriels qui paraissent singuliers, comme dit Bérurier. Enfin, moi, je veux bien...

— Favier, fais-je d'un ton pleurnicheur, cessez de vous prendre pour Lionel Hampton, vous me faites mal au bol.

Il s'arrête.

— Je suis allé à dame ? soupiré-je.

— Oui, il paraît. Vous avez pris une balle dans le côté, elle a heureusement dévié sur une côte, mais quelques centimètres plus haut et...

— Je passe toujours à quelques centimètres du coquetier, fais-je...

— Dans la vie, c'est parfois comme dans les films, déclare Favier, le héros sympathique en réchappe...

— Ça va, les autres ?

— Oui. La mère Bérurier a regagné son domicile et son auguste époux est actuellement sur le billard pour deux côtes fracturées...

— Et... les autres ?

— Eh bien ! Caseck est mort, la môme n'en vaut guère mieux et le professeur sort lentement du coma artificiel où l'avaient plongé les piqûres qu'on lui faisait.

— Comment ça ?

— Il n'avait pas perdu la mémoire du tout à la suite de son accident. Du reste voici un câble que Pinaud vous adressait depuis Fredericia, Danemark...

Il me le lit.

« *Professeur Munhssen en pleine possession facultés suite accident, stop. Seconde infirmière suspecte, stop. Semblait en relations avec ton homme grosses paupières, stop. A propos paupières ai oublié mes lunettes au bureau, stop. Très regrettable car ici consommons beaucoup de poissons, stop. A part ça le moral est bon, stop. Téléphone à M*me *Pinaud qu'elle n'oublie pas l'échéance de la cireuse, stop. Amitiés.*

Inspecteur Principal Pinaud »

— C'est un type inouï, rigole Favier en repliant le message.

— Vous disiez qu'on faisait des piqûres à Munhssen pour l'anesthésier !

— Oui, Caseck et la fille ne voulaient pas qu'il retrouve ses esprits. Le vieux aurait parlé... Alors ils lui injectaient continuellement un sédatif... A petites doses, mais de façon régulière. Si bien que le vieillard demeurait dans un état cotonneux.

— Je comprends alors pourquoi ils avaient besoin d'une complicité dans l'asile...

— Bien sûr...

Un toubib entre.

— Il faudrait laisscr notre malade tranquille, dit-il à Favier.

Ce dernier se lève.

— Le toubib a raison. Au revoir, commissaire, je repasserai demain... Vous n'avez pas de commission à faire ?

— Prévenez ma mère que je suis légèrement blessé. Molo, hein ? Elle multiplie tout par cent lorsqu'il s'agit de son fils bien-aimé...

— Comptez sur moi.

— Et puis câblez à Pinuche qu'il rentre...

— Entendu...

Il s'éloigne. Le docteur me tâte le front.

— Vous pourrez faire brûler un cierge en sortant d'ici, me dit-il.

— Entendu, doc. Ce sera quand ?

— Oh ! dans deux jours... S'il n'y a pas de complications.

— Il n'y en aura pas, je suis en béton. C'est pas la première balle que j'efface.

— J'ai vu, votre corps ressemble à une carte en relief de l'Himalaya !

Il s'efface, car on amène Béru sur un chariot. Les infirmiers gueulent : « Oh ! Hisse ! », et le flanquent sur le lit vide qui est à ma dextre.

— Comment se porte ce tas de graisse ? je leur demande.

Ils se fendent la calotte.

— On ne peut mieux. Il a pris un drôle de passage à tabac.

— Pour un flic, ça ne manque pas de sel, fait l'autre.

Son pote, qui est au courant de mon identité, le pousse du coude et l'imprudent vire au rouge homard.

Nous restons seuls, le Gros et moi. Un assez long moment s'écoule. Et puis l'effet de l'anesthésique se dissipe et il regarde autour de lui avec effarement.

— Où suis-je ? demande-t-il.

— A Bichat, mec... T'as rien contre ?

— San-Antonio ! Comment, toi aussi ?

— Tu vois...

Il ne peut s'empêcher de balbutier : « Turabras », ce qui est bon signe.

J'attends un peu qu'il soit rentré en possession de ses moyens... Et puis je l'attaque.

— Si tu m'expliquais un peu...

— Je sais tout, fait-il, doctoral.

— Peut-être, mais pas moi, je suis tombé sur

un exemplaire mal paginé et il m'en manque un bout...

Il ferme son œil valide pour se concentrer. Puis il clape de la menteuse.

— Bon Dieu, soupire-t-il, si au moins ces vaches me filaient un coup de rouge, je la pile !

— Tu sais, le rouquinos c'est pas bien porté dans un hosto.

— Tant pis... Bon, faut que je te prenne ça tout au début...

— Y a intérêt

— Quand tu m'as quitté, l'autre jour, si tu te rappelles j'avais oublié mon écureuil chez le brocanteur.

— Je m'en souviens.

— Je m'ai dit que cet enfoiré était capable de le brader. Alors je suis retourné le chercher. Je retrouve le vieux en pleine polka avec sa panthère... Je pousse mon coup de gueule pour les faire taire, je récupère mon rongeur et je vais pour me tailler lorsqu'il me vient une idée.

— A toi ?

— Oui.

— Dis donc, Gros, t'avais loué une cervelle de rechange, alors ?

Il essaie de hausser les épaules, gémit et y renonce.

— Ta gueule, laisse-moi poursuivre...

— Va !

— Voilà que je pense à un détail de ce qu'il nous avait dit, le marchand de pouilleries, lors de notre visite, aux deux...

— Quel détail ?

— Il a parlé de ce qu'il y avait dans la valise volée. Il a mentionné une trousse médicale, tu te souviens ?

— Oui.

— Et il nous avait dit qu'il l'avait gardée...

Je commence à l'avoir mauvaise. Bonté, quelle couennerie j'ai commise en ne la réclamant pas au bonhomme.

— Alors, poursuit le Gros, je la lui ai demandée...

— Je te reconnais bien là... Alors ?

— Dedans, y avait des tas de trucs médicaux, entre autres une boîte à picouses. Et, dans cette boîte, il restait une ampoule vide de je ne sais plus quel produit. On avait oublié de la jeter... Sur cette ampoule se trouvait le nom du pharmacien qui l'avait vendue... Un pharmago de Boulogne-Billancourt. Je suis allé interviewer le bonhomme. Il avait vendu ces ampoules à une jeune femme blonde, en effet... Et, par un hasard formidable, son petit préparo se rappelait avoir vu sortir la fille d'une maison de l'avenue Victor-Hugo à Boulogne... Il m'a décrit la bicoque... Je suis t'été faire un viron...

— N'en jette plus, la cour est pleine... T'es arrivé dans la taule avec tes bottes d'égoutier, Caseck t'a aperçu...

— Qui ça, Caseck ?

— Les grosses-paupières...

Penaud, il balbutie :

— Oui, c'est bien ça. Comme je passais une

porte, j'ai moulé un parpaing sur la noix. Je suis tombé... Alors ce salaud-là m'a filé la plus terrible toise que j'aie jamais reçue... Ça pleuvait partout : dans le bide, dans les côtes, dans la tête... Je me suis retrouvé beaucoup plus tard dans une cave, saucissonné...

— Bravo ! C'est vous le fameux policier ? Un policier pour noces et banquets, oui !

Il secoue la tête...

— Que veux-tu, c'était déjà beau d'avoir trouvé leur repaire...

— C'était beau, oui, conviens-je.

Statisfait, il poursuit :

— Il s'est passé du temps... Je me suis pas bien rendu compte. Et puis ils sont venus me chercher et ils m'ont questionné. Et je t'assure que, nous autres, à la Grande Cabane, nous sommes des enfants de chœur pour ce qui est de poser des questions... Ces tantes me collaient du papier à cigarette sur les joues et quand je ne voulais pas répondre, ils y filaient le feu... Vachement jouissif !

— J'essaierai, promets-je...

— Ils m'ont forcé à dire qui j'étais, comment j'avais remonté l'affaire, et ce qui se passait. J'ai menti, je leur ai dit qu'avant de venir chez eux j'avais laissé des consignes pour toi et que mon chef allait radiner. Alors Caseck, puisque tu dis qu'il se blaze comme ça, Caseck m'a demandé si j'avais des enfants et où j'habitais... Je lui ai dit que je vivais seul avec ma femme. Il m'a alors dit qu'ils allaient se planquer chez moi, ils n'en avaient que pour deux jours... Tu parles d'un culot, j'ai jamais vu un mec aussi gonflé !

— Moi, non plus. C'est du grand art...

— De nuit on est allé à la cabane...

Il se tait la voix cassée.

— Chez moi, y avait mon ami le coiffeur... Il vient souvent passer des veillées et...

— Écoute, Gros, encouragé-je, ça fait des millénaires que nous savons que tu es cornard, tu ne vas pas me jouer la grande scène du deux, celle où le mari va se brûler la cervelle à l'eau bouillante ! Y a pas de mal à ça, Napoléon l'était aussi, si tu veux des références. Et puis d'abord tout le monde l'est, c'est de naissance !

Rasséréné, il poursuit.

— T'as raison. Bien, alors voilà Caseck qui commence à filer une avoine monumentale au coiffeur...

— Tu devais bicher, bonhomme ?

— Oui, admet-il, confus. Je ne suis pas un mauvais cheval, mais ça m'a fait plaisir. Du temps qu'ils y étaient ils ont balanstiqué plusieurs tartes à ma femme...

— Celles-ci, itou, t'ont ravi, non ?

— Merde, me psychanalyse pas toujours ! grommelle le Gros. Je peux y aller ?

— Va !

— Bon, on s'est retrouvé, le coiffeur et moi, sur le plancher, ligotés. Caseck a alors dit à ma grosse que si elle disait quoi que ce soit, si elle appelait, si elle essayait de faire la maligne, ils nous bousillaient, le pommadin et moi.

« Et puis Caseck est parti... Il est revenu plus tard en compagnie du professeur... Il est ressorti encore... Il est re-revenu... Voilà... La journée a passé, tu es providentiellement arrivé... »

— Tu parles ! Et il s'en est fallu d'un cheveu... Si ta veste ne s'était pas trouvée au portemanteau...

— Le plus poilant, dit-il, c'est que ce sont eux qui me l'ont ôtée pour pouvoir me ligoter plus serré. Ah ! j'étais ankylosé, mort !

Il se tait. Un instant plus tard, il roupille du sommeil du juste.

CONCLUSION

En claudiquant je pénètre dans le bureau du Vieux... Il s'empresse, contrairement à son habitude, me fait asseoir et me propose de quoi fumer.

— Mon cher San-Antonio, murmure-t-il. Vous avez une fois de plus fait de l'excellent travail.

— Merci, patron.

— Comment vous sentez-vous ?

— Mieux...

— Parfait.

Il se frotte les mains.

— Le professeur Munhssen a repris conscience, il a pu s'expliquer tant bien que mal. Son récit est assez confus... En gros, voici ce qu'il ressort. Pendant la dernière guerre, Munhssen a travaillé en collaboration avec un savant allemand, passé depuis en deçà du rideau de fer. Ensemble ils avaient entrepris des recherches concernant un explosif d'une puissance jamais égalée...

Le Vieux se rengorge. Le voilà parti dans les grands superlatifs maison. Il caresse son crâne ivoirin, lisse la peau brillante de ses paluches et poursuit...

— L'Allemand n'a pu aboutir dans ses recherches. Munhssen, si. Des propositions lui ont été faites de travailler avec son ancien collaborateur. Il a refusé, ne partageant pas les nouvelles opinions politiques de celui-ci. De la simple proposition, on est venu aux menaces... On lui a dit que sa fille serait abattue aux États-Unis s'il refusait... Le malheureux a alors décidé d'en finir avec la vie. Il a voulu disparaître avec son invention et a provoqué la fameuse explosion qui a détruit son laboratoire et qui a failli le tuer...

— Il s'est sabordé, quoi !

— Oui. Mais il s'est seulement blessé. On l'a soigné. Lorsqu'il a été mieux, il est retourné chez lui, soigné par une infirmière spécialisée... Celle-ci a eu l'accident que vous savez, et alors les Caseck (Car la femme blonde était celle du Tchèque.) ont pris possession de la maison. Ils appartenaient à un réseau d'espionnage et avaient pour mission d'enlever Munhssen, ses adversaires ayant peur qu'il ne mît fin à ses jours.

— Je me doutais d'un truc de ce genre, chef !

Mécontent de cette interruption, il fronce les sourcils.

— Alors, voyez-vous, reprend le Vieux, ils l'ont obligé d'annoncer à son entourage qu'il partait en convalescence... à écrire à sa fille... Bref, à se comporter en tout point comme s'il partait normalement.

« Et puis, une nuit, ils ont pris la route... Leur

première étape devait être la France. C'était de là qu'un avion spécial devait prendre clandestinement le savant pour l'emmener au-delà du rideau de fer. Seulement les Caseck avaient d'autres ambitions : laisser se développer l'affaire et négocier une rançon, en France, avec le gouvernement danois pour la restitution de Munhssen... Ils ont commencé à mettre celui-ci en sécurité, vous savez où... Seulement, pour éviter toutes indiscrétions de sa part, ils le faisaient droguer par la dame Berthier. »

— Exactement ce que je pensais ! ne puis-je m'empêcher de lâcher.

Le Vieux fait « tsst tsst tsst », et continue.

— Naturellement le réseau de Caseck a dressé l'oreille quand le Tchèque a prétendu que le savant était intransportable. Rendez-vous a été donné à Caseck à Sarrebruck... Il a dépêché son épouse avec des photographies du vieillard pour prouver que ce dernier était dans un état critique... La suite, mon cher San-Antonio, vous la connaissez mieux que moi puisque vous l'avez vécue.

— C'est le Prof qui vous a raconté tout ça ?

Il sourit...

— Le professeur et la femme Caseck... Elle est perdue, mais elle dit des mots sans suite dans son coma. J'ai fait placer à son chevet un traducteur tchèque qui sténographie toutes les paroles qu'elle profère. Ces dernières m'ont servi à étayer le récit de Munhssen...

Le Vieux me tend la main.

— Prenez huit jours de convalescence... J'aurai un travail pour vous la semaine prochaine.

Je lui serre les salsifis et je me lève.

En gagnant mon bureau, je pense bêtement à un minuscule détail qui, pourtant, me tracasse. Pourquoi Caseck a-t-il téléphoné de Riva-Bella à la mère Berthier pour demander que sa femme aille le chercher en voiture puisque la fille blonde n'a pas quitté l'hôtel... Il pouvait la joindre directement, non ?

Je décroche le bigophone et j'appelle l'*Hôtel des Deux Ponts et de la République réunis.* C'est la voix morne du taulier qui murmure :

— Allô !

Pour ne pas me perdre en préambule, je dis :

— Ici, le centre de téléphonie. Vous étiez bien en dérangement, dimanche soir ?

Il y a un court silence. Après quoi la voix dit avec une légère pointe d'ironie.

— Oui, m'sieur le commissaire, j'étais en dérangement du samedi midi au lundi soir...

Un rire aigrelet et il raccroche...

Mince alors, j'ai une voix tellement identifiable, les potes ? Vous ne me l'avez jamais dit !

On frappe. Encore le standardiste.

D'un ton routinier, il dit, laconique :

— C'est le câble Pinaud.

Je m'en saisis.

Me suis encore trompé avion retour, stop. Descendrai à Karachi, stop. Prière prévenir Mme Pinaud, stop. Inutile me câbler ce que tu penses, stop. Je le sais.

Inspecteur Principal Pinaud.

FIN

ACHEVÉ D'IMPRIMER LE
20 NOVEMBRE 1976 SUR LES
PRESSES DE L'IMPRIMERIE
BUSSIÈRE, SAINT-AMAND (CHER)

— N° d'impression : 1615. —
Dépôt légal : 1er trimestre 1977.

Imprimé en France

PUBLICATION MENSUELLE